23 MINUTOS

23 MINUTOS

WALDSON SOUZA

Rio de Janeiro, 2024

Copyright © 2024 por Waldson Souza

Todos os direitos desta publicação são reservados à Casa dos Livros Editora LTDA. Nenhuma parte desta obra pode ser apropriada e estocada em sistema de banco de dados ou processo similar, em qualquer forma ou meio, seja eletrônico, de fotocópia, gravação etc., sem a permissão dos detentores do copyright.

COPIDESQUE Mariana Gomes
REVISÃO Pérola Gonçalves e Alanne Maria
DESIGN DE CAPA Marcus Pallas
PROJETO GRÁFICO E DIAGRAMAÇÃO Julio Moreira | Equatorium Design

---

Dados Internacionais de Catalogação na Publicação (CIP)
(Câmara Brasileira do Livro, SP, Brasil)

Souza, Waldson
    23 minutos / Waldson Souza. – 1. ed. – Rio de Janeiro: HarperCollins Brasil, 2024.

    ISBN 978-65-6005-151-5

    1. Ficção brasileira 2. Ficção de suspense I. Título.

23-187883   CDD–B869.3

Índice para catálogo sistemático: 1. Ficção: Literatura brasileira B869.3
Bibliotecária responsável: Eliane de Freitas Leite - Bibliotecária - CRB 8/8415

HarperCollins Brasil é uma marca licenciada à Casa dos Livros Editora LTDA.
Todos os direitos reservados à Casa dos Livros Editora LTDA.

Rua da Quitanda, 86, sala 601A - Centro,
Rio de Janeiro/RJ - CEP 20091-005
Tel.: (21) 3175-1030
www.harpercollins.com.br

Para meu pai,
que me ensinou a sempre sair de
casa com algum documento.

Para minha mãe,
que adora histórias de terror.

Eu tive por sorte meses de sofrimento,
e noites de dor me couberam por partilha.
Apenas me deito, digo: "Quando chegará o dia?".
Logo que me levanto: "Quando chegará a noite?".
E até a noite me farto de angústias.
Jó, 7:3-4

A ferida do presente ainda é a ferida do passado e vice-versa;
o passado e o presente entrelaçam-se como resultado.
Grada Kilomba, *Memórias da plantação*

PARTE 1
21H02

CAPÍTULO I

Era minha última chance. O cronômetro finalizava a contagem, e precisei agir antes que o tempo acabasse. Lucas e eu estávamos naquele momento de apreensão em que cada um tentava antecipar o próximo movimento do outro e, ao mesmo tempo, qualquer coisa poderia acontecer. Minha vida estava prestes a acabar. Pensei em desistir, mas não era uma opção. Por isso, me concentrei em usar aquele último recurso da melhor forma possível. Acertar aquele golpe de magia potente seria a solução para diminuir a diferença e vencer. Era tudo ou nada.

Girei a alavanca e apertei alguns botões. Lucas fez o mesmo com tanta vontade que seu braço esquerdo esbarrou em mim. A mudança das luzes na tela cravou o resultado da partida antes mesmo que nossos cérebros pudessem entender.

— Não — falei, quase gritando. — Que mentira!

Saí de perto da máquina de fliperama e de Lucas, que já estava se vangloriando.

— Cara, eu sou muito bom com o Iori — comemorou ele, me seguindo.

Olhei para o relógio pendurado em uma das paredes. Haviam se passado quase três horas desde que Nicole fora embora, e nós tínhamos jurado que jogaríamos apenas mais uma ou duas partidas, mas acabamos comprando mais fichas do que deveríamos.

— Já são quase nove da noite — falei. — Minha mãe vai me matar.

— Hoje não. — Lucas riu. — Ela não faria isso um dia antes do seu aniversário.

— É melhor eu não abusar da sorte. Vamos embora.

Lucas lançou um olhar triste para o fliperama, simulando uma despedida dolorosa. Como ele ganhou de mim, poderia continuar jogando, mas precisávamos mesmo ir.

O dia tinha sido maravilhoso. Não havia jeito melhor de comemorar meu aniversário. Passei a tarde quase toda com Lucas e Nicole, com direito a lanches e sorvetes pagos por eles. Depois, nós três fomos jogar.

— Que horas isso aqui fecha mesmo? — perguntou Lucas enquanto tirávamos nossas bicicletas do bicicletário em frente ao fliperama.

Percebi que nunca havia pensado naquilo, pois nunca tinha ficado lá até tão tarde.

— Não sei, acho que umas dez da noite.

Subimos nas bicicletas e começamos a fazer o caminho de volta para nosso bairro, acompanhando os carros que cortavam a noite.

— Só vou entregar seu presente na segunda — disse Lucas, e repetiu algo que tinha dito mais cedo: — Minha mãe diz que dá azar entregar antes.

— Tudo bem, não precisa se preocupar.

Pedalávamos lado a lado, o que seria um problema caso um de nós dois perdesse o equilíbrio, mas estávamos acostumados.

Fizemos o trajeto juntos por uns dez minutos até chegarmos à rua onde nos separávamos. Nossas casas eram relativamente próximas, ficavam em quadras vizinhas. Quando nos aproximamos do balão, começamos a nos despedir.

— Entra no MSN mais tarde — falei.

— Pode deixar!

Lucas virou à direita.

— Hugo! — gritou ele antes que estivesse longe demais. Olhei para trás sorrindo e o vi me dando tchau com uma das mãos, enquanto a outra se mantinha firme no guidão. — Feliz aniversário!

Eu só precisava pedalar por mais cinco ruas. Um trajeto que fiz incontáveis vezes, voltando de diferentes lugares, nos mais variados horários, mas principalmente vindo da escola, do fliperama e da casa do Lucas. Esses lugares eram os três pilares sobre os quais minha rotina se construía. As ruas de Pedra Redonda, Goiás, atravessavam minha história. Tudo era familiar: as casas dispostas sem qualquer padrão, muitas delas com cerca de arame farpado, os terrenos baldios cheios de mato e entulho, as quadras mais centrais com pavimentação. Então, não. Eu não estava com medo de passar pelo poste com a lâmpada queimada.

A prefeitura estava demorando para resolver aquilo, já estava assim havia semanas. O poste sem luz ficava na rua antes da minha e deixava escura aquela parte do trajeto. Apesar de não ter medo, eu sempre apressava as pedaladas. Só por precaução. Estava na rua sozinho, não havia outras pessoas ou carros passando. Mesmo sendo um sábado à noite, a movimentação era maior no centro. Pedra Redonda era uma cidade pequena, comum, chata e que seguia à risca seus horários. Eu estava tranquilo. Logo chegaria em casa e poderia aproveitar a desculpa do meu aniversário para passar o resto da noite no computador e dormir tarde.

Continuei pedalando, mas antes que pudesse aumentar o ritmo, um rapaz saiu de trás do poste apagado. Não consegui vê-lo de longe, ou teria dado um jeito de desviar. Mas eu estava perto demais para dar meia-volta, perto a ponto de ver o braço direito dele apontando na minha direção.

Assustado, freei a bicicleta e quase caí. Tentar fugir seria imprudência. Não que eu estivesse raciocinando na hora. Eu queria fugir. Foi o medo que me congelou.

— Desce da bicicleta!

Não lembro se pedi calma ou implorei para que ele não fizesse aquilo. A única coisa que senti foi a dor no lado direito do peito, perto do ombro, e caí para trás com o impacto do tiro. Fiquei estirado no chão, com a perna ainda meio presa na bicicleta. A dor era tão dilacerante que parecia se espalhar pelo corpo todo. Minha carne perfurada pulsava, e comecei a sentir a camiseta ficando encharcada. O cheiro de sangue era muito forte e me deixou enjoado. Tudo isso ao mesmo tempo.

O pior era saber que eu estava morrendo.

Sei que tentei me mexer, talvez me arrastar para algum lugar. Instinto. O desejo de me apegar ao último fio de vida. Minha cabeça girava, tudo estava embaçado. A escuridão também me impedia de enxergar. Meu pensamento mais recorrente era o de que eu precisava dar um jeito de avisar à minha família, para que eles pelo menos soubessem onde eu estava.

Não sei se fiquei um ou dez minutos no chão, mas deve ter sido algo rápido. Vi o rapaz se aproximando. Ele olhou no meu rosto e parecia procurar algo, esperar algo. Minha visão estava tão turva que tive a impressão de ver a sombra dele se mexendo, um vulto logo atrás de suas costas, como se também esperasse por algo. Mas aquilo não fazia o menor sentido. Era noite, o poste sem luz não formaria sombra.

— Merda! — exclamou o rapaz me olhando agonizar. — Morre logo.

Era uma súplica. A voz dele tinha certo tom de desespero.

Tentei perguntar por que ele não pegava minha bicicleta e ia embora.

— Foi mal, mas eu preciso terminar logo com isso — disse o rapaz. — Depois é só matar alguém.

Ele apontou a arma para mim de novo. Dessa vez, mais perto, ele conseguiu mirá-la bem no meu rosto. Tão perto que eu poderia tocá-la. Tão perto que eu podia ouvir a respiração ofegante dele.

O segundo tiro.

Sem prenúncio do fim, tudo se apagou, como se não houvesse mais postes funcionando no planeta. O mundo inteiro escureceu, não só aquele trecho onde meu corpo estava estirado. E não houve nada. Nem pensamento. Nem dor. Só o fim.

CAPÍTULO 2

Abri os olhos e tossi quando o ar invadiu meus pulmões. A sensação foi a de emergir de dentro d'água, apesar de sentir que eu estava em um ambiente seco. Mas estive, sim, submerso em um oceano de escuridão e vazio. Eu havia morrido. Houve medo e dor. Por que, então, meus olhos estavam abertos? Me sentei, olhei em volta na escuridão e toquei meu peito. Senti minha camiseta molhada, mas não havia ferida alguma ali, só um pequeno incômodo onde a bala tinha entrado — como se o músculo estivesse dolorido. Depois ergui a mão, toquei minha testa e percebi que o local também estava intacto. Minha cabeça doía um pouco, mas nada muito sério. Fiquei um tempo sentado, refletindo. A memória do rapaz atirando em mim era vívida demais para duvidar de sua veracidade. Porém, sem explicação para estar ali respirando, comecei a pensar que devia ter sido um sonho. Eu desmaiara no meio do caminho e acabara tendo aquele pesadelo estranho.

Mas não conseguia acreditar nisso por um simples motivo: eu *senti* tudo.

Eu me levantei e olhei em volta. O mau cheiro era insuportável. Não sabia como tinha ido parar naquela construção abandonada. Havia algumas paredes e parte do telhado de pé, mas o resto da casa estava destruída. Ou melhor, em processo de destruição. Ela precisaria de mais alguns apedrejamentos e chutes de jovens desocupados para terminar de ruir por completo.

Minha camiseta continuava molhada. O sangue era visível mesmo com a pouca luz que vinha da rua. Ele estava em todo o meu peito e em parte das minhas costas. Não havia secado, então era recente. Aquela era uma comprovação de que o ferimento existira.

A segunda coisa que me chamou a atenção foi que tinha um revólver perto de mim. Fiquei um tempo encarando a arma no chão e concluí que foi com ela que me mataram. Ou tentaram. O cara a deixara ali, mas eu não conseguia imaginar o motivo. Talvez para se livrar da prova do crime.

Minha bicicleta também fora largada perto do que restava da porta de entrada. Eu jurava que aquilo tudo tinha sido apenas um assalto. Então, por que a bicicleta estava ali? De qualquer forma, por mais que eu tentasse juntar os pedaços, nada explicava o fato de eu estar vivo. Eu tinha certeza de que havia morrido.

Percebi que estava ali havia muito tempo e me dei conta de que minha família devia estar preocupada, então decidi sair da casa abandonada, deixando a arma para trás. Não queria ser encontrado com ela. Do lado de fora, percebi que conhecia o lugar. A casa ficava na rua abaixo da minha e havia sido abandonada alguns anos antes porque os donos se meteram numa confusão e foram ameaçados de morte. Cheguei a estudar com a filha deles.

Em seguida, me veio o pensamento de que alguém na vizinhança poderia ter escutado os tiros. Então, apesar de a rua estar vazia, a melhor coisa a se fazer era me afastar dali o quanto antes. Não podia arriscar que a polícia ou alguém aparecesse.

Pedalei até minha casa, tão rápido que quase perdi o equilíbrio quando passei por cima de uma pedra. Eu procurava respostas, sem encontrar explicação racional, e minha cabeça parecia que ia explodir com tantos pensamentos. Eu morrera ou tivera alucinações? Entretanto, mais importante do que compreender o que aconteceu era não ser visto perto da cena de um possível crime. Eu queria evitar perguntas, mesmo sendo a vítima, porque não tinha respostas e não queria que acabasse sobrando para mim. Pedalei o mais rápido que consegui, sabendo que logo estaria seguro dentro de casa. Não passei por ninguém no caminho.

Parei em frente ao portão. Eu teria que entrar em silêncio, não podia deixar meus pais me verem com a roupa suja de sangue e poeira. O caminhão, que não cabia na garagem, estava estacionado na frente da casa, então meu pai já chegara do trabalho. Olhei o relógio. 21h40. Havia passado cerca de meia hora desde que me despedira de Lucas. Para completar, estava encrencado por ter demorado.

Abri o portão com cuidado para não fazer barulho, ele sempre rangia quando era aberto muito rápido. Passei com minha bicicleta bem devagar, torcendo para meus pais não ouvirem. Deixei a bicicleta encostada no muro, fechei o portão com o mesmo cuidado e contornei a casa para entrar pela cozinha. A televisão estava ligada, mas, pelo horário, meus pais já deviam estar cochilando no sofá — o que era melhor ainda.

A cozinha estava vazia, então passei rapidamente por ela. Parei apenas para pegar uma sacola plástica e fui quase correndo para o banheiro.

Apoiei as mãos na pia, respirando ofegante. Ainda não era hora de pensar, precisava tomar um banho.

Tirei a roupa suja de sangue e a coloquei dentro da sacola. Encarei meu reflexo no espelho e só então pude ver a quantidade de sangue na minha testa e no meu cabelo. Toquei o sangue, esfreguei a ponta dos dedos para sentir a textura e depois as aproximei do nariz para cheirar. Encostei o indicador na ponta da língua. O gosto também era real.

Quando liguei o chuveiro, ouvi minha mãe falando da sala.

— Hugo? É você?

— Sim, mãe. Acabei de chegar.

— E isso é hora, menino? — gritou ela. Fiquei calado. — Vamos conversar.

— Sim, senhora.

Não era sempre que eu chamava minha mãe de senhora, mas em alguns momentos era importante reforçar o respeito.

A água quente do chuveiro levou o sangue e a terra, como se ambos fossem a mesma coisa. Meu coração e meus pulmões voltaram ao ritmo normal, mas minha mente ainda estava acelerada e confusa. Tudo estava nítido. Não dava para ignorar o sangue na roupa e a arma que deixei na casa abandonada. Como escapei sem nem um arranhão? Observei a água com sabão escorrer pelo meu peito. Não havia marca de perfuração na minha pele.

Saí do banheiro enrolado em uma toalha, mas antes me certifiquei de que não tinha deixado nenhuma mancha vermelha nos azulejos. No meu quarto, amarrei bem a sacola com a roupa suja e a joguei debaixo da cama. Ninguém a encontraria ali.

Felizmente, não precisava dividir o quarto com meu irmão. Meu quarto não era lá grande coisa, mas eu passava muito tempo nele. Ainda mais depois que meus pais deixaram o computador ficar ali. Eu só precisei prometer que não o usaria até tarde sem permissão nem tiraria notas ruins.

— Meu filho, por que você chegou tão tarde? — perguntou minha mãe, aparecendo na porta do quarto. A voz dela estava mais calma.

— Desculpa, mãe. Eu tava me divertindo tanto no fliperama que não vi o tempo passar. Não vai se repetir.

Ela não precisava saber que comprei mais fichas mesmo depois de perceber que estava ficando tarde. Muito menos de tudo o que aconteceu depois.

— Tudo bem — aquiesceu ela. — Só vou perdoar porque amanhã é seu aniversário.

Abri um sorriso, agradecido. Ver minha mãe me tranquilizou. Eu quase dei um abraço nela, mas não quis fazer nada que parecesse estranho. Se eu a abraçasse, provavelmente começaria a chorar; ainda estava apavorado.

— Ah, tem comida no fogão, é só esquentar. Depois vai falar com seu pai, ele chegou do trabalho.

— Pode deixar.

Quando ela saiu, liguei o computador. Certamente não contaria aos meus pais o que tinha acontecido, mas será que eu devia contar para o Lucas? Não sei se ele acreditaria em mim. Talvez fosse melhor esconder de todos, dele e de Nicole, pelo menos até eu ter certeza de tudo.

Liguei o computador e esperei o Windows XP iniciar. A primeira coisa que fiz foi colocar para tocar um álbum, que tinha baixado na noite anterior, e abrir o MSN. Fui até a sala para dar um abraço no meu pai e depois segui até a cozinha para esquentar minha comida. Só então percebi como estava faminto. Voltei para o quarto e Lucas começou a mandar mensagem enquanto eu comia.

    Conversamos trivialidades. Não tive coragem de falar sobre a minha possível morte, da qual eu tinha cada vez mais certeza. Acontecera, eu só não tinha uma explicação. Duvidar seria pior. Aquilo era algo difícil de ignorar. Eu não conseguia me esquecer da sensação de morrer. Tinha que haver alguma explicação para o fato de eu estar ali respirando.

CAPÍTULO 3

É claro que considerei magia. Que fã de filmes de fantasia e ficção científica não faria isso? Se eu queria que o sobrenatural fosse real? Sim. Se eu queria que acontecesse comigo? Não.

Acordei no dia seguinte com um barulho em casa. Quando meu pai não estava na estrada, sempre levantava antes de todo mundo e começava a fazer barulho. Nos fins de semana, eu costumava acordar por volta das dez horas, mas naquele dia saí da cama quase meio-dia. Minhas coxas estavam doloridas por causa do esforço de pedalar para chegar em casa o mais rápido possível. Sem falar que morrer deveria causar um desgaste extra, não?

Saí do quarto e senti cheiro de comida. Minha mãe estava fazendo o almoço.

— Feliz aniversário! — disse ela, alongando algumas sílabas, quase cantando.

— Obrigado, mãe!

Ela me abraçou bem forte, seu corpo estava quente por causa da proximidade com o fogão. Dei uma espiada em uma das panelas, o cheiro estava maravilhoso.

— Você vai tomar café ou vai esperar o almoço? — perguntou ela.

Uma grande decisão a ser tomada por quem acorda em um horário intermediário entre as duas refeições.

— Acho que vou esperar o almoço.

Deixei minha mãe terminando as tarefas e fui em direção ao quintal falar com meu pai. Era comum que ele passasse dias seguidos longe por causa do trabalho, mas quando estava em casa sempre cuidava com muito carinho das plantas do nosso quintal. Eu o encontrei regando-as com uma mangueira.

— Ah, olha ele aí! Finalmente — disse meu pai quando me viu. — Quase fui lá no seu quarto ver se você não tinha morrido.

Meu pai riu, mas não consegui acompanhá-lo. Era um comentário que ele já tinha feito outras vezes, mas, depois da noite anterior, ganhava outro peso. Dei um sorriso meio sem graça e devo ter murmurado alguma coisa para não ficar em silêncio. Não sei se meu pai percebeu meu humor. Depois, ele se afastou para desligar a torneira e voltou para me parabenizar e me puxar para dentro de casa pelos ombros.

— Tenho uma coisa pra você — disse ele, sorrindo.

Fiquei um pouco mais animado e consegui afastar momentaneamente os pensamentos sobre a morte. Meus pais tinham dito que não me dariam nada porque ainda estavam pagando o computador e guardando dinheiro para minha festa de formatura.

— César não está em casa? — perguntei enquanto seguia meu pai.

— Ele foi comprar refrigerante.

No quarto, meu pai tirou um embrulho do guarda-roupa. O pacote tinha o formato de um pequeno cubo. Abri tentando não danificar o papel de presente. Era um relógio novinho em folha e, para melhorar, com visor digital — eu não tinha a menor paciência para ponteiros. Tirei meu relógio velho, com a pulseira gasta, para colocar o novo. Depois de admirá-lo por alguns segundos, abracei meu pai, agradecendo.

— Ganhei um relógio do seu avô quando fiz 18 anos — disse meu pai. — Seu irmão também ganhou um. Não deixaria você de fora da tradição.

Enquanto mostrava o relógio para minha mãe, César chegou.

— Aqui estão os refrigerantes, dona Solange.

Minha mãe odiava quando ele a chamava assim, mas dessa vez não fez nenhum comentário.

Paulo César era dois anos mais velho do que eu e tínhamos quase a mesma altura, mas ele era mais musculoso. Sempre fui magrelo. Não éramos muito parecidos, mas alguns dos nossos traços tornavam o parentesco inegável, além de termos a mesma pele negra — uma cor intermediária entre o tom escuro da pele do nosso pai e o marrom-claro da nossa mãe. Meu cabelo tinha cachos bem fechados, e o dele era crespo, mantido sempre curto e coberto por um boné.

Ele me abraçou. Algo que fazia somente em ocasiões especiais.

— Feliz aniversário, irmão — disse ele. E depois acrescentou, rindo: — Agora você pode ser preso.

Todo aquele amor foi melhorando o meu humor, a ponto de eu quase me esquecer da noite anterior. Quase. O som dos dois tiros, o cheiro do sangue e o gosto da morte continuavam comigo. Só torcia para que aquela sensação estranha passasse logo, que os dias seguissem até aquilo não ser mais importante. Queria que a noite anterior se tornasse apenas uma lembrança para a qual eu não tinha respostas.

Mas ela continuava me assombrando.

CAPÍTULO 4

O início da noite de domingo foi tranquilo, mas seu fim trouxe a primeira repetição. Seguindo com a comemoração do meu aniversário, nós quatro aproveitamos que César estava de folga e fomos a uma lanchonete. Algo rápido, porque meu pai queria voltar para casa e assistir ao *Fantástico*, mas foi uma ótima forma de encerrar o dia.

César não voltou para casa conosco porque foi encontrar alguns amigos. Enquanto meus pais assistiam à televisão, fiquei no quarto ouvindo música e mexendo no computador. Também organizei o material para as aulas do dia seguinte. Tudo normal.

Até aquele momento de normalidade ser interrompido.

Eu quase gritei com o susto causado pelo estalo. Meu peito foi rasgado por um buraco pequeno, mas que fez a carne pulsar. A dor não era nova. Ao contrário, era a mesma do dia anterior. Tentei ficar de pé, mas acabei escorregando da cadeira. Me esforcei para não ser vencido pela dor e fui engatinhando até a porta do quarto, deixando um rastro de sangue no chão. Estava difícil de respirar, e a distância até a porta nunca pareceu tão grande. A sensação era a de estar em um corredor sem fim. Caí no meio do caminho e, cansado demais para continuar ou pedir ajuda, fiquei deitado no chão e não demorei a ouvir o segundo estalo. Em seguida, não vi mais nada.

Morri pela segunda vez.

CAPÍTULO 5

Quando abri os olhos, a primeira coisa que fiz foi olhar as horas. 21h25. A tela do relógio estava suja de sangue, assim como minha roupa e boa parte do chão do quarto. Depois, toquei no meu peito e na testa: sem feridas. E, pelos meus cálculos, não fiquei morto por muito tempo. Ou desmaiado, apagado, desacordado... Eu não sabia como chamar.

Essa segunda vez foi mais assustadora. Estava sozinho no meu quarto, e não havia ninguém apontando uma arma para o meu rosto. Mas, mesmo sem arma, ouvi e senti os tiros. Meus pais ouviram também ou o som da televisão estava tão alto assim? Presumi que não haviam escutado nada, caso contrário teriam entrado no quarto.

Foi tudo igual. O barulho, a dor, o primeiro tiro no peito e o segundo na cabeça. Talvez até a quantidade de sangue fosse a mesma. Uma morte idêntica à primeira e uma ressurreição igualmente bem-sucedida.

Levantei, apoiando as mãos na poça de sangue que começava a querer entrar embaixo do meu guarda-roupa. Eu precisava agir logo ou teria mais problemas para limpar.

— Merda — murmurei.

Como me livraria daquilo sem chamar a atenção dos meus pais? Eu precisava de pelo menos um balde com água e um pano de chão. Desinfetante também seria bom. Só que antes precisava tirar aquela roupa. Eu nem sequer tivera tempo de me livrar das peças anteriores.

Pensar no que era concreto me ajudou a não duvidar da minha sanidade. Foi estranho morrer de novo, de forma repentina, sozinho, dentro do meu quarto. Tão estranho quanto ter morrido da primeira vez e saído vivo.

Troquei de roupa, me limpando mais ou menos com a camiseta suja. Saí do quarto, peguei dois baldes e voltei silenciosamente. Mergulhando o pano na mistura de água com produtos de limpeza, esfregando o chão e depois torcendo a água vermelha com espuma no outro balde, pensei em como os filmes de terror me fizeram acreditar que limpar sangue era fácil. Alguns cortes e ângulos e a cena termina em poucos minutos. Mas na vida real era bastante trabalhoso e demorei mais tempo do que gostaria. Se eu estivesse em um filme, o suspense seria criado pela possibilidade de um dos meus pais aparecer a qualquer momento batendo na porta do quarto. Para minha sorte, eles continuaram na sala o tempo todo.

Quando acordei da primeira morte, não chorei. Eu estava assustado demais, elétrico demais, confuso demais. Tudo o que fiz foi sair correndo. Dessa vez, porém, não contive as lágrimas enquanto estava ajoelhado no chão do meu quarto, torcendo o pano no balde repetidas vezes e vendo a água ficando cada vez mais vermelha e pastosa.

Chorei porque senti que aconteceria de novo.

CAPÍTULO 6

Tive um pesadelo durante a noite. Eu estava na esquina da rua de baixo, ao lado do poste sem luz. Mas eu não chegava de bicicleta, estava encostado no poste, esperando. Depois de um tempo, meu assassino chegou.

— Eu que deveria esperar por você — disse ele.
— Cheguei antes — respondi. — Queria olhar seu rosto com mais calma.
Ele sacou a arma.
— Foi mal, mas eu preciso terminar logo com isso. Depois é só matar alguém.

O tiro me fez despertar do sono. Acordei tão desorientado que fiquei procurando por sangue na roupa. Só então percebi que estava deitado em minha cama e que havia ido dormir depois de limpar o quarto. Eram 4h39 e não consegui pegar no sono de novo, não conseguia parar de pensar na frase que meu assassino me dissera, não só no sonho, mas antes de atirar na minha cabeça.

Depois é só matar alguém.

Fiquei deitado esperando o horário de ir para escola. Eu entrava às sete horas, então costumava acordar às seis. Entretanto, conforme fui organizando alguns pensamentos, percebi que, naquele momento, havia algo mais importante a fazer do que ir à escola.

Como se fosse uma segunda-feira qualquer, tomei banho, vesti uma calça jeans e a camiseta do uniforme. Depois, tomei café da manhã com meus pais. Minha mãe disse que teria uma faxina para fazer em Brasília e meu pai só voltaria para a estrada no dia seguinte. César ainda dormia quando fui pegar minha bicicleta.

Para minha surpresa, o pneu estava furado. Eu não tinha percebido, mas com certeza acontecera em algum momento da noite de sábado, provavelmente no caminho entre a casa abandonada e a minha.

— Pai, o pneu da minha bicicleta furou — gritei para dentro de casa. — Vou andando.

Avisei para que não estranhassem o fato de eu ter saído sem ela.

— Quer que eu te leve? — perguntou meu pai, vindo para a frente da casa.

Não! Aceitar a carona acabaria com meu plano.

— Não precisa, ainda tá cedo — respondi. — Não vou me atrasar.

O que seria verdade se eu estivesse indo para a escola.

— Tudo bem, filho. Pode deixar que levo sua bike na oficina do Juninho.

— Obrigado, pai.

Ajustei a alça da mochila, me despedi de novo e comecei a andar. Mesmo caminhando a passos lentos, não demorei a chegar. Antes de entrar na casa abandonada, olhei para os dois lados e atravessei a cerca, torcendo para não ser visto por nenhum vizinho. Não ficaria ali por muito tempo, mas não queria arriscar.

Atravessei o quintal da frente e entrei no que restara da estrutura. Estar lá de manhã era diferente, menos assustador. Era só uma construção destruída. Talvez o fato de estar entrando por vontade própria, e não despertando sem saber como fui parar ali, influenciasse minha percepção.

Para minha sorte, a arma ainda estava no mesmo lugar. Se alguém esteve ali, não se importou com ela. À luz do dia, eu podia vê-la com maior clareza. Era um revólver calibre .38, daqueles que tem um tambor giratório para colocar a munição. Não tinha nada de mais, uma arma comum. Na verdade, até parecia velha e malcuidada, como se não fosse limpa há muito tempo.

Eu me abaixei para pegá-la, mas sem tocar o joelho no chão, porque não queria sujar a calça. Quando a segurei, tive uma sensação ruim, como se segurasse algo maligno. Quase podia ouvi-la sussurrando e confessando a culpa, sem sentir remorso ou vergonha pelo que fez comigo. Ela era um presente que meu assassino deixara para mim. Não, não um presente. Um problema com o qual ele não precisava mais lidar.

Não queria ficar muito tempo naquela casa, então guardei a arma na mochila e fui embora, sem saber quão grato deveria estar por tê-la encontrado. Gratidão não é bem a palavra certa, mas não sei como teria começado a tentar descobrir o que estava acontecendo comigo sem a arma.

Ainda dava tempo de ir para a escola, mas eu não queria assistir às aulas com uma arma na mochila. Sabia que seria difícil me concentrar no que os professores falassem. Não costumava faltar à aula, então achei que não seria um problema. Mas também não podia voltar para casa, então decidi caminhar e ir a um lugar onde ninguém me encontrasse. Lá, poderia esperar até um horário em que desse para alegar a falta de algum professor e justificar a chegada mais cedo. Depois teria que inventar uma desculpa para Lucas e Nicole, as únicas pessoas da escola que sentiriam minha falta e se preocupariam o suficiente para perguntar.

Durante o trajeto, vi alguns estudantes uniformizados indo para a escola. Por sorte não encontrei conhecidos. Andei por quase meia hora até chegar ao único parque ecológico da cidade. Ele foi muito frequentado nos dois primeiros anos após a inauguração. Depois as pessoas perderam o interesse nele, bem como a prefeitura, que foi interditando um por um os brinquedos quebrados do parquinho em vez de consertá-los. Para falar a verdade, tudo estava meio abandonado. O que era bom, porque significava que teria pouca gente. E eu queria evitar qualquer tipo de interação, afinal, estava com uma arma na mochila. Mas não chamei a atenção de ninguém. Inclusive, não era o único fora da escola em horário de aula — outros adolescentes uniformizados andavam pelo parque.

Caminhei pelo chão ladrilhado, acompanhando algumas pessoas que corriam e se exercitavam, e parei em um ponto estratégico da cerca que marcava os limites do parque. Ali havia alguns bancos, então me sentei e esperei até a área ficar totalmente vazia. Com cuidado, passei minha mochila e depois meu corpo por um buraco na cerca já meio mole por receber intrusos com frequência. Sair dos limites do parque era proibido, então é claro que muitos faziam aquilo.

Fazia tempo que eu não entrava ali, mas lembrei do caminho através da vegetação. A trilha mais usada levava à cachoeira, porém escolhi a que ia na direção contrária, uma menos conhecida, porque não queria encontrar outras pessoas, apesar de saber que era muito cedo para mais alguém estar ali. Passei por algumas latinhas, embalagens e camisinhas usadas — essas, mais próximas das árvores maiores e de outros pontos estratégicos — até que finalmente cheguei a um lugar mais isolado.

As árvores eram um pouco mais afastadas por causa de algumas pedras grandes e achatadas bem próximas umas das outras. A altura das pedras e o fato de serem escorregadias contribuíam para o local não ser muito popular. Mas, caso alguém aparecesse, eu ouviria e ainda teria tempo de ir embora. Tudo isso me fez escolher aquele lugar, ao qual não ia havia quatro ou cinco anos.

Aquele era um cenário de um tempo passado. Aos poucos as lembranças foram voltando como se eu só precisasse estar fisicamente no lugar para acessar um canal na minha mente que até então estivera sem sintonia. Captando a frequência de algumas memórias, lembrei do dia em que a blusa de Guilherme acabou ficando presa em um galho e ele a puxou, rasgando-a e causando um grande arranhão na barriga. Wellington e Fernando começaram a rir, mas fiquei um pouco preocupado antes de ter certeza de que tudo estava bem. Outra época e outros amigos. E eu não estava lá para lembrar deles.

Então abri minha mochila e peguei a arma. Segurei-a e comecei a analisá-la com mais calma. Não sabia ao certo o que esperava, mas precisava fazer alguma coisa. No cabo estavam gravadas duas letras: um M entrelaçado com um A. Com cuidado, abri o tambor, que estava com todos os cartuchos — o que era estranho, porque meu assassino atirara pelo menos duas vezes.

Pelo jeito ele não só se dera ao trabalho de levar meu corpo até a casa abandonada, como também de deixar comigo a arma carregada.

Retirei um dos cartuchos para ver como era. A bala mal encostou na palma da minha mão e logo se desintegrou, como se fosse feita de areia ou fumaça. A substância escorreu pelos meus dedos enquanto evaporava e, um segundo depois, apareceu no tambor da arma. Peguei um segundo cartucho, que igualmente se desintegrou e retornou para o revólver. Eles não queriam sair dali.

Fechei o tambor e guardei a arma na mochila. Não percebi quando comecei a roer um dos meus dedos, pensando e mordendo a cutícula até sentir gosto de sangue. Quanto mais eu pensava, menos eu entendia. Porém uma coisa era certa: aquilo tudo não parecia ter qualquer explicação racional. E, mesmo se houvesse, eu não fazia a menor ideia de por onde começar a procurá-la.

CAPÍTULO 7

Já em casa, peguei um lençol velho, do qual com certeza minha mãe sentiria falta um dia, para tentar amenizar a bagunça. Por volta das 20h30, disse para minha família que iria dormir, o que obviamente causou estranhamento. Eu não costumava dormir cedo. Falei que teria prova no dia seguinte e logo me senti mal pelo tanto de mentiras que estava precisando contar. Porém não havia alternativa, já que tinha decidido descobrir sozinho o que estava acontecendo. Seria melhor manter tudo em segredo até saber de algo com certeza. Desconfiar e supor não era o bastante.

Estirei o lençol no chão do quarto e fiquei esperando sentado. Não sabia o momento exato, mas fiz uma estimativa pensando nos dias anteriores.

Quando a morte chegou, a primeira coisa que fiz, depois de levar a mão automaticamente ao peito, foi olhar as horas. 21 horas. Em ponto. Mesmo tendo me preparado, parte de mim ainda torceu para que não se repetisse. Mas foi em vão. Agonizei por quase dois minutos. A pior parte. Pior até que o susto. A sensação de estar preso, começar a perder as forças e não conseguir respirar direito. Gostaria que fosse mais rápido, que eu morresse de uma vez, mas era obrigado a ficar sentindo aquela dor, esperando o tiro definitivo. Aguardando o momento em que tudo ficaria escuro e a agonia desapareceria. Esperando o alívio.

CAPÍTULO 8

A escola era o lugar onde eu menos queria estar naquele momento, mas não podia faltar dois dias seguidos. Ninguém além dos meus melhores amigos estranhou meu sumiço no dia anterior, então, contanto que Lucas e Nicole não falassem nada com meus pais, tudo ficaria bem. Não tudo. Ainda tinha a coisa da morte. Ter morrido e voltado à vida três vezes e no mesmo horário tornava óbvio o padrão. Eu não tinha motivos para duvidar. Aconteceria de novo. Meu único receio era morrer em outro momento. A situação era ruim por si só, então que as mortes pelo menos continuassem seguindo uma lógica até eu descobrir como me livrar daquilo.

Sempre ficávamos encostados no mesmo ponto do muro da escola, esperando o portão abrir. Eu gostava de chegar um pouco mais cedo para ficar conversando com Lucas e Nicole, e muitos outros alunos pareciam seguir essa mesma lógica. Naquela terça-feira, entretanto, eu estava distraído. Mal ouvia o que eles diziam sobre o filme que passara no *Tela Quente*. Um filme que não assisti porque, quando terminei de limpar todo o sangue, estava cansado demais para querer fazer qualquer outra coisa além de dormir.

— Hugo, tenho uma coisa pra você — disse Nicole. — Seu presente de aniversário.

Ela afastou uma mecha do cabelo crespo do rosto, prendendo-a atrás da orelha em que usava o aparelho auditivo, e retirou de dentro da mochila uma pasta de plástico, que me entregou. Na pasta havia um envelope com um cartãozinho que eu leria depois e umas dez folhas grampeadas. Era um conto escrito por ela.

— Nossa, obrigado! — falei, sorrindo e lhe dando um abraço.

Nicole escrevia histórias de terror, queria fazer faculdade de Letras e se tornar escritora. Eu gostava de ler suas histórias. Ela sempre enviava os arquivos para Lucas e eu. Mas aquele era um conto especial, não só por ter sido impresso com carinho, mas também por causa do que Nicole disse em seguida:

— Eu escrevi esse só pra você. Até deletei o arquivo, essa é a única cópia.

Virei a capa do manuscrito para Lucas, posicionando as mãos como se estivesse apresentando um produto em um comercial de TV.

— Ah, assim não vale! — reclamou Lucas. — Também quero ler!

As bochechas dele estavam rosadas por causa do vento gelado e forte. O clima mudara de forma repentina na noite anterior.

— Vou pensar no seu caso — disse eu, fechando a pasta de forma teatral.

— Não se preocupe, Lucas — acrescentou Nicole. — No seu aniversário, escrevo um só pra você.

Lucas ficou mais conformado.

— Eu tinha trazido seu presente ontem, Hugo, mas você não veio — explicou ele. — Acabei esquecendo hoje.

— Sem problema, depois passo na sua casa e pego.

— Por que você não veio ontem, mesmo? — perguntou Nicole.

Engoli em seco, incapaz de encontrar coragem para contar a verdade. Ainda não estava certo de que queria envolvê-los naquela história que eu mal entendia e definitivamente não sabia como era possível estar acontecendo. Acabei dando para Nicole a mesma desculpa que inventei para Lucas quando ele falou comigo pelo MSN no dia anterior: uma dor de cabeça repentina.

O sinal estridente da escola tocou e nós três acompanhamos o fluxo de estudantes pelo portão. As terças-feiras iniciavam com duas aulas de português, e fiquei pensando se a professora se incomodaria se me pegasse lendo escondido o conto de Nicole. Pela lógica, ela não deveria se importar, já que parte do seu trabalho era garantir que criássemos gosto pela leitura... Mas preferi deixar para ler o conto em casa, com calma.

Entramos na sala e seguimos para o lugar de sempre, na última fileira do lado esquerdo. Lucas e eu nos sentávamos ali desde o primeiro ano, contrariando as estatísticas de que no fundão só tinha alunos bagunceiros. Os poucos professores que haviam tentado fazer com que fôssemos mais para a frente acabaram desistindo. Mas muitos ainda insistiam que Nicole deveria se sentar na primeira fileira para "ouvir melhor". Não sei como ela tinha a paciência de sempre explicar que seu grau de surdez não era profundo e que, usando o aparelho, ela ouvia de qualquer ponto da sala.

A professora de português, Cássia, gastou quase a primeira aula inteira corrigindo no quadro a prova da semana anterior. No fim do horário, ela começou a falar sobre um trabalho em grupo que precisaríamos fazer. Seria uma proposta mais livre, já que estávamos no último bimestre.

— Eu quero que vocês escolham uma lenda urbana, local ou nacional, e produzam um material sobre isso. Não quero um trabalho escrito comum, a ideia é que sejam criativos. Vocês podem apresentar uma peça teatral, escrever um roteiro de cinema, um conto, uma reportagem. Vou deixar vocês livres nesse sentido. O trabalho vai valer três pontos e sei que tem gente precisando dessa nota.

Não era o nosso caso, mas não deixaríamos de fazer. Nicole já havia trocado olhares comigo duas vezes enquanto a professora falava.

Fomos separados em grupos de cinco para que começássemos a discutir ideias para o trabalho. Nosso grupo acabou sendo o menor, porque não nos esforçamos para chamar outros colegas e acabamos ficando só os três. Mas não por muito tempo. Quando o sinal do segundo horário tocou, uns quatro alunos entraram na sala. A professora começou a explicar como seria o trabalho e foi incisiva sobre os grupos terem no máximo cinco pessoas.

Guilherme e Ana ficaram algum tempo parados na porta, tentando decidir em qual grupo entrar. Acontece que, por namorarem, queriam fazer o trabalho juntos, e o único grupo com vaga suficiente para os dois era o nosso.

Ana ainda foi na mesa da professora tentar argumentar que seria melhor fazer o trabalho com as amigas de sempre.

— Não, sete pessoas é muito. — Ouvi a professora falando. — Além do mais, vocês convivem há três anos. Todo mundo é amigo aqui. Vocês dois podem entrar no grupo do Lucas ou fazer o trabalho separados.

Ana se deu por vencida, voltou para perto de Guilherme e murmurou algo no ouvido dele. Juntos, vieram em nossa direção.

Lucas olhou para Ana se aproximando e me cutucou.

— Agora você vai poder ficar olhando pra ela mais de perto — murmurou. — A sorte tá do seu lado.

— Cala a boca — respondi.

Guilherme foi quem fez a abordagem.

— A gente pode fazer o trabalho com vocês? — perguntou.

— Claro! — respondeu Lucas. — Vai ser um prazer, né, Hugo?

Dei a ele um olhar de repreensão.

— Com certeza — respondi.

Ana colocou a cadeira do meu lado, ficando entre mim e Guilherme. O braço dela encostou no meu enquanto se ajeitava.

— Então, vocês já pensaram no que querem fazer? — perguntou ela, olhando para mim.

— Ah, com certeza — respondeu Lucas antes de todo mundo. — O Hugo tá pensando nisso há um tempo já.

Eu quis dar um chute nele, ou pelo menos beliscá-lo, sem que alguém percebesse. Nicole começou a falar sobre a lenda urbana em que estávamos pensando.

— Chupa-cabra? Sério mesmo? — perguntou Guilherme quando ela terminou de explicar.

— Qual é o problema? — Ela quis saber.

— Nada, só achei engraçado.

— Várias pessoas dizem ter visto um chupa-cabra em Pedra Redonda no fim dos anos 1990 — contou Nicole. — Então vamos ter uma lenda urbana nacional, mas ao mesmo tempo local.

— Eu gostei — disse Ana. — Morria de medo quando passavam aquelas reportagens na televisão.

— Eu tenho medo até hoje — comentei.

Guilherme e Ana riram. Senti que o trabalho daria certo, no fim das contas.

— Então está decidido — disse Nicole. — A gente já pode começar a pensar em qual material elaborar, mas vamos precisar fazer o trabalho à tarde.

Se tinha uma coisa que Nicole garantia em trabalhos em grupo era que ninguém fizesse mais que os outros.

— Pode ser lá em casa — sugeriu Lucas. — Tem bastante espaço.

Olhei para o lado. Eu sabia que não deveria ficar feliz por aquela formação de grupo, mas era inevitável pensar no tempo que passaríamos juntos.

CAPÍTULO 9

À noite, minha mãe preparou arroz com pequi e frango para o jantar. Meu pai já estava na estrada de novo e, com César trabalhando, o jantar foi só nosso. Geralmente era assim, passávamos muito tempo sozinhos em casa. Quando éramos só nós dois, eu evitava ficar trancafiado no quarto e fazia companhia para ela na sala, mesmo que lendo algum livro enquanto ela assistia à televisão. Durante o *Jornal Nacional* daquela noite, falaram sobre a Copa do Mundo de 2014. Era um assunto bastante comentado naquele ano, pois o Brasil estava entre os candidatos para sediar o evento. Mas fiquei me questionando o motivo para decidir isso com tanta antecedência; 2014 estava tão longe.

Não me interessei pelas notícias. Quanto mais perto das 21 horas, mais apreensivo eu ficava. Em breve teria que ir para o quarto e vivenciar a morte outra vez. Eu pegara o conto de Nicole, na esperança de ler, mas não consegui passar da primeira página. Não tive foco, então deixei o texto no sofá. Eu olhava para a TV sem prestar muita atenção. Estava com medo.

Levantei quando o jornal estava quase acabando, e na tela o presidente Lula aparecia em alguma reportagem. Já eram quase 21 horas. Eu não podia morrer na frente da minha mãe. Só disse a ela que iria para meu quarto, esperando que a novela das oito a mantivesse distraída o suficiente. Quanto a isso, eu sabia que tinha grandes chances, porque ela não perdia um capítulo por nada.

Contra o tempo não há nada que se possa fazer. Os ponteiros no relógio avançaram e recebi a visita indesejável.

A Morte era pontual. Implacável. 21h e bateu à porta. 21h e ouvi o estalo. O barulho que apenas eu era capaz de ouvir, ao que tudo indicava. O tormento também era somente meu. Uma tormenta: tempestade violenta, com direito a chuva de sangue, acontecendo comigo todas as noites. Turbilhão de pensamentos. Por que isso tinha que acontecer justo comigo? Eu sabia que não podia mudar o passado e mesmo assim me sentia arrependido por ter voltado tarde para casa. Era injusto me culpar porque teria sido impossível imaginar o desfecho daquela noite, mas também era inevitável desejar que as coisas fossem diferentes. Como seriam meus dias dali em diante?

21h02 e você morre. 21h25 e você está vivo de novo. 23 minutos.

A Morte brincava comigo, rindo da minha cara. Ela me levava só para me devolver em seguida. Mostrando quem estava no controle.

CAPÍTULO 10

No dia seguinte, me senti estranho ao parar na frente da casa de Guilherme depois de tanto tempo para irmos juntos à casa de Lucas. Por morarmos na mesma rua, sempre cruzávamos o caminho um do outro, mas houve um ponto crucial em que deixamos de andar juntos, parando até de nos cumprimentar. Eu tinha muita dificuldade em falar sobre o que acontecera. Na verdade, nunca tinha contado para ninguém. Nem mesmo para Lucas, e muito menos para o padre nas ocasiões em que me confessei na igreja. Ainda acreditando em pecado, perdi um amigo por medo da influência que ele poderia ter sobre mim. Como consequência, acabei me afastando de todo o nosso círculo de amizade da época.

Perdi muitos amigos na transição do ensino fundamental para o médio, por causa da troca de escola, e sabia que perderia vários outros quando terminasse o terceiro ano. Então talvez não fosse grande coisa, fazia parte do processo de amadurecimento, achava. Com Guilherme era diferente, porque ele foi um dos primeiros amigos que fiz ao me mudar para Pedra Redonda. Eu o conhecia havia mais tempo do que Lucas, inclusive.

Por isso, estava nervoso quando bati no portão da casa dele. Enquanto esperava alguém aparecer, um cachorro latiu, e fiquei me perguntando se seria o mesmo de antes. Na época, ele não me estranhava. Mas tudo estava diferente. De qualquer forma, não adiantava ficar pensando em nada disso, eu tinha que agir da forma mais natural possível. Não precisávamos falar sobre o passado.

Guilherme abriu o portão com cuidado para o cachorro não sair. Cumprimentei-o tocando as palmas da mão e em seguida os nós dos dedos com as mãos fechadas.

— Esse cachorro é o Rex? — perguntei.

Falar aquilo refletiu minha falta de assunto. Eu era péssimo para iniciar conversas com pessoas que me deixavam desconfortável — e ex-amigos entravam nessa lista.

— Nada, o Rex morreu tem uns dois anos.

Ficamos em silêncio até a rua seguinte. Nem precisamos de muito tempo para entender que não tínhamos do que falar. Antes o papo vinha com tanta facilidade. Conversávamos sobre qualquer coisa. Naquele momento, porém, eu nem conseguia olhar direito para ele. A presença dele era intimidadora, talvez por ser quase um ano mais velho e *aparentar* ser mais velho, uma vez que era mais forte e já tinha barba, ainda que rala. Ele estava com uma regata simples e sem estampa, que contrastava com minha camiseta do *Dragon Ball,* e usava um boné de aba reta virado para trás — obviamente arrumado porque veria a namorada. No passado, eu não tinha essa sensação de que ele era bonito e popular demais para andar comigo.

Alguns metros em silêncio foram suficientes para que eu me arrependesse de ter sugerido acompanhá-lo até a casa de Lucas. Devia apenas ter explicado como fazer para chegar lá.

Meus pensamentos pegaram outro caminho: independentemente de tudo, não parecia certo estar preocupado com um trabalho escolar e uma nota da qual eu nem precisava. Era trivial demais. A noite me esperava, e nela eu morreria. Eu precisava descobrir por que aquilo acontecia e o que eu deveria fazer para me libertar, mas não tinha a menor ideia de por onde começar. Então talvez fosse mesmo melhor que eu estivesse ali, andando ao lado de Guilherme. Pelo menos não estava em casa refletindo sobre a minha mortalidade, ou falta dela, e pensando na ironia de morrer todos os dias quando se viveu tão pouco.

E, uma vez que eu já estava morto, resolvi falar:

— Você não imagina aonde fui segunda.

Soou repentino demais para o meu gosto.

— Onde?

— Naquele lugar secreto do parque ecológico que a gente ia com o pessoal — respondi. — Não parece mais tão secreto assim.

— Cara, tem séculos que não vou lá. Nem lembro quando foi a última vez. — Por um momento pareceu que voltaríamos ao estado de silêncio, mas ele perguntou: — O que você tava fazendo lá?

Ah, eu só queria um lugar reservado pra poder olhar com calma a arma que me matou. Sim, eu morri. Mas não se preocupe, não foi definitivo. Onde tá a arma? Escondi no meu quarto. É, espero que minha mãe não encontre.

— Eu tava de bobeira, não quis ir pra aula segunda — respondi. — Aí fiquei andando à toa e acabei lá.

Guilherme fez cara de surpreso; ao mesmo tempo parecia querer rir de mim.

— Faltando aula? Quem diria... Logo você, que é todo CDF.

— Esqueceu quem fugia com você na sétima série pra ir pro fliperama?

— Tá bom, velhas práticas, então.

Quando ia perguntar se ele ainda jogava, chegamos à casa de Lucas. Ele nos recebeu e nos levou para os fundos, onde havia uma área coberta com uma grande mesa de madeira. Foi nela que fizemos a maioria dos trabalhos dos últimos três anos. Nicole e Ana já haviam chegado, estavam sentadas à mesa tomando suco.

Ana se levantou para dar um beijo em Guilherme ao mesmo tempo que eu abraçava Nicole. Ana ficava muito mais bonita sem o uniforme e com menos maquiagem, o tom marrom do rosto estava até menos claro sem o pó que ela passava de manhã. Antes de se sentar outra vez, ela se virou para falar comigo e fiquei sem saber se deveria abraçá-la ou apenas apertar sua mão. Houve um momento de constrangimento em que ambos esperaram o outro decidir como seria o cumprimento. Acabamos dando um abraço rápido e meio desencontrado.

A mãe de Lucas apareceu para falar comigo, o que foi bom, pois tive uma desculpa para me afastar do momento embaraçoso.

Voltei para a mesa. Nicole já estava falando sobre o trabalho. Ela conseguira materiais que poderíamos usar como fonte e inspiração. Era incrível o nível da pesquisa que ela havia feito em um dia, com cópias de várias reportagens antigas sobre ataques em fazendas próximas e em outros lugares do Brasil e casos de desaparecimentos não solucionados. Nicole sugeriu que conectássemos tudo com o chupa-cabra.

Mesmo sobrando bastante tempo naquela tarde, acabamos não conseguindo avançar muito com o trabalho. Não queríamos fazer uma reportagem, seria muito simples. E ninguém além de Lucas topou fazer uma peça teatral. Então, só nos restou organizar as informações das notícias e discutir possibilidades de formatos para o trabalho. Teríamos que terminar outro dia, mas foi ótimo ter aquela reunião inicial.

— A gente podia assistir algum filme — sugeri quando todos começaram a dar indícios de se preparar para ir embora. Ainda estava cedo.

Eu não me importava se os outros quisessem ir, só queria adiar mais o momento de voltar para casa. Lá eu não teria outra coisa para fazer a não ser esperar pela hora da minha morte.

— Ah, bora! — disse Lucas. — Tem uns DVDs novos que meu pai comprou.

— Só se a gente fizer pipoca — acrescentou Nicole.

Fomos para a sala. Ana e Guilherme também decidiram ficar. Enquanto Nicole ajudava Lucas com a pipoca, nós três ficamos olhando a coleção de DVDs piratas que o pai de Lucas tinha. Havia tantos que era impossível já terem assistido àquilo tudo. Eu costumava pegar vários filmes emprestados para assistir sozinho ou com minha família. O bom era que o pai de Lucas nunca comprava aqueles filmes gravados com câmeras no cinema, sempre esperava o título ser lançado em DVD para adquirir uma cópia ilegal.

Nicole e eu queríamos ver um filme de terror, Ana, um de romance, e Lucas, uma comédia de gosto duvidoso. Guilherme não parecia se importar muito, mas acabou sendo o voto decisivo para colocarmos *Jogos Mortais 3*.

Ana ficou agarrada no braço dele o tempo todo. Nicole não desviava os olhos da tela nem por um segundo sequer. E eu, pela primeira vez, fiquei incomodado com os gritos de dor, a mutilação e a quantidade de sangue. Me senti abalado com as cenas, pensando no meu sofrimento de todas as noites. Minha vida se tornara muito mais cruel que aquela obra de ficção.

CAPÍTULO II

Cheguei em casa e precisava sentir que estava fazendo algo, por isso decidi me gravar durante a morte. A única coisa à minha disposição era a *webcam* do computador. Perto das 21 horas, tranquei a porta do quarto e preparei tudo. Tive a ideia de, em vez de usar outro lençol velho, abrir vários sacos de lixo e espalhá-los pelo chão. Eu não sabia se funcionaria — nem parecia muito prático —, mas precisava fazer testes para descobrir como impedir o sangue de se espalhar pelo chão. Estava tão desesperado que fazer qualquer coisa já me dava uma sensação de não estar parado observando aquilo continuar acontecendo.

Eu me senti ainda mais vulnerável sabendo que minha morte seria registrada, mesmo consciente de que não a mostraria para ninguém. Fiquei só de cueca, porque não queria ter que descartar mais roupas. Posicionei estrategicamente a câmera redonda, que parecia um olho robótico, e apertei o botão de gravar no programa do computador. Me afastei da mesa e sentei no chão, em cima dos sacos plásticos. Esperei, ouvindo o som da minha respiração e da novela na sala.

Olhei para o relógio no meu pulso: 20h57. Meu coração começou a bater mais forte.

20h58.

Só se passou um minuto?

20h59.

As palmas das minhas mãos estavam suadas.

Fechei os olhos.

21 horas.

O primeiro tiro.

Eu continuava me assustando, mesmo sabendo o que aconteceria e conhecendo como a dor afetaria meu corpo. Deitei e só esperei que passasse, ou melhor, que o segundo tiro viesse logo. O tempo sempre parecia mais lento naqueles dois minutos.

Quando me mexi, senti minhas costas deslizando no plástico. Olhei para a porta, tentando ouvir o que acontecia do lado de fora. Eu sempre ficava naquela expectativa, sabendo que, apesar de ser um acontecimento raro, meus pais poderiam me chamar a qualquer momento ou vir falar comigo. Levantei para parar a gravação e comecei o trabalho de limpeza.

Limpar o chão foi mais fácil, mas ainda assim deu trabalho. O resultado não foi muito diferente de usar o lençol, só evitava estragar mais tecido. Boa parte do sangue ficou nos sacos plásticos, então os retirei com cuidado, colocando-os em uma sacola maior. Eu teria que colocar aquilo junto com o restante do lixo da casa de uma forma que ninguém percebesse.

Usando o balde com água e sabão que deixara preparado, esfreguei o chão para tirar o que sobrou do sangue. Depois veio a parte mais difícil: sair com o balde do quarto sem ser visto. Como das outras vezes, verifiquei se o banheiro estava vazio, entrei nele, despejei toda a água avermelhada no vaso sanitário e dei descarga. Em seguida, tomei um banho rápido e aproveitei o chuveiro ligado para lavar o balde e o pano.

De volta ao quarto, me certifiquei de que não sobrara nada suspeito, deixei a porta entreaberta e sentei na frente do computador para assistir ao vídeo. Foi estranho me ver caminhando para o meio do quarto e sentando no chão. Mas o pior foi observar minha aflição, as verificações constantes no relógio e meu rosto se contorcendo de dor quando senti o tiro. O vídeo não captou o som de nenhum dos disparos, confirmando que eu era o único que podia ouvi-los.

Não avancei nenhum segundo da gravação, precisava ter certeza de que mais nada estranho acontecia durante a minha morte. No fim, o vídeo não serviu para mostrar nada além da própria morte. Fiquei estirado no chão por exatos 23 minutos, depois levantei como se estivesse acordando de um cochilo.

Fechei o vídeo com raiva, os olhos começando a arder. Aquilo fora inútil, me sentia mais frustrado do que antes. Minha vontade era de sair procurando o rapaz que atirou em mim. Ele devia saber o que estava acontecendo. Se não soubesse, eu ainda poderia descontar minha raiva nele com socos.

O que eu estava pensando? Jamais faria algo do tipo.

Com a certeza de que me entregar à raiva não era a forma pela qual me libertaria da minha prisão, desliguei o computador e fui para a sala. Meus pais estavam sentados no sofá maior, olhando para a TV. Sentei no meio dos dois de forma repentina, me aninhando entre eles como se fosse um filhote. Eu estava tão fragilizado que quase pedi a ajuda deles, mas acabei ficando calado; o nó na minha garganta era mais forte do que minha vontade de falar. Se eu contasse, o que aconteceria depois? Dividiria o fardo, sim. Mas meus pais não poderiam me ajudar a resolver. Só sofreriam comigo. Não, eu tinha que manter aquilo em segredo. Então permaneci em silêncio, sentindo o calor de ambos. Ali eu podia fingir que o tempo estava congelado e não havia nada com que me preocupar, nem o amanhã, nem a morte.

CAPÍTULO 12

Nicole e Lucas queriam criar um blog dedicado à nossa lenda urbana, mas a professora não aceitou. Acho que era moderno demais para ela. Nicole ficou chateada por não poder fazer um trabalho mais elaborado; em compensação, Guilherme se sentiu aliviado por estarmos limitados a um modelo mais simples. O restante do grupo estava tranquilo e disposto a fazer qualquer coisa. No fim, todos estávamos cansados e só queríamos que o dia da formatura chegasse logo. Acabamos fazendo o trabalho no formato de jornal, com uma grande reportagem especial sobre o chupa-cabra assombrando Pedra Redonda. Fizemos parecer que os ataques eram recentes e usamos todas as fontes que Nicole conseguiu.

Naquela sexta-feira, quase concluímos o trabalho, ficou faltando formatar o texto — algo que Lucas prometeu fazer sozinho depois. Ninguém reclamou da disponibilidade dele, muito menos quando ele perguntou se queríamos jogar no Playstation 2 antes de irmos embora.

— Queria muito ficar e jogar com vocês, mas não posso — disse Nicole. — Prometi ajudar minha mãe com as compras.

Ana não parecia se interessar muito por videogame, então acabou indo com Nicole, e não criou caso exigindo que o namorado fosse com ela. Guilherme pediu para jogar um pouco de *God of War* e nós deixamos, porque Lucas podia jogar qualquer coisa sempre que quisesse e eu estava lá em quase todos os sábados à tarde. Depois de um tempo, decidimos colocar um jogo de luta, para que todos pudessem jogar. Guilherme perdeu quase todas as partidas que jogou contra mim, e eu perdi mais ou menos metade das que joguei contra Lucas.

Nos divertimos tanto que não vimos o tempo passar.

— Filho... — A mãe de Lucas apareceu na sala. — Seu pai está quase chegando, é melhor desligar o videogame.

"Desligar o videogame", naquele contexto, significava que era hora das visitas irem embora. A mãe de Lucas nunca se incomodava, mas o pai dele costumava implicar com coisas bobas.

— Tá bom, mãe. Vamos só terminar essa partida.

Olhei pela janela e vi que já havia escurecido. Não tinha dito para minha mãe que demoraria tanto, mas ela não costumava se preocupar quando sabia que eu estava na casa de Lucas.

Acabou não sendo apenas aquela partida. Quando percebemos, o pai de Lucas estava entrando pela porta da sala, murmurando um boa-noite e nos olhando de cima a baixo. Não pude deixar de reparar que o olhar em Guilherme demorou mais. Ele já me conhecia, mas nunca se esforçou para conversar comigo ou ser minimamente receptivo. Estar na presença dele era desconfortável e intimidador.

Ele não nos expulsou nem nada, mas quando chegou à cozinha começou a falar alto com a esposa, o suficiente para que pudéssemos ouvir a opinião dele sobre Guilherme estar em sua casa.

Guilherme ficou visivelmente incomodado, e eu sabia que Lucas estava a ponto de se desculpar, mesmo não sendo culpa dele aquela situação.

— A gente precisa ir — falei. — Tá tarde.

Como se o problema fosse o tempo.

Lucas não insistiu para que ficássemos.

— Vou pegar as mochilas — disse ele. — Rapidão.

Guilherme e eu nos encaminhamos para a porta. Lucas voltou com nossas mochilas e nos despedimos, deixando os personagens do jogo parados na televisão, no meio de uma partida inacabada.

Não tínhamos pressa para voltar para casa. A noite estava agradável. Muitas pessoas passavam por nós, voltando para casa depois de um longo dia de trabalho, a semana finalmente concluída. Guilherme chutava uma tampinha de garrafa conforme caminhávamos, tentando fazer com que ela nos acompanhasse. A tampinha veio para o meu lado e a chutei de volta na direção dele.

— Eu não sabia que o pai do seu amigo era tão racista — comentou Guilherme, olhando para a tampinha no chão.

— Eu nunca tinha escutado ele falando daquele jeito. Mas o Lucas é gente boa.

Não que uma coisa anulasse a outra.

A tampinha ficou para trás e Guilherme teve que voltar para continuar chutando-a.

— Dane-se ele. Eu é que não volto mais lá.

Não tive certeza de se o "ele" se referia a Lucas ou ao pai dele, mas imaginei que era a segunda opção. De qualquer forma, eu entendia Guilherme. Naquele instante, eu mesmo me questionava se deveria esperar algum tempo para visitar Lucas de novo.

— Mas você deu sorte — continuou Guilherme. — Eu ia ganhar de você.

Eu ri alto e um pouco forçado de propósito. Era bom mudar de assunto.

— Até parece. Você perdeu as últimas três.

— Só porque eu estava jogando no controle — ele se justificou. — Sou muito melhor no fliperama.

— Duvido — provoquei, mesmo que isso me fizesse lembrar do tempo que jogávamos juntos.

— Você esqueceu quem costumava ganhar?

— Não, mas hoje sou muito melhor — respondi. — Você viu. E não uso essa desculpinha de controle.

Guilherme deu um soquinho no meu ombro direito. Doeu mais do que ele imaginava, aquela região estava um pouco sensível por causa da sequência de mortes.

— Você devia me respeitar, rapaz — brincou ele. — Sou mais velho do que você.

— A gente pode resolver isso lá no fliperama, então. Te dou uma revanche, já que você tá tão disposto a perder de novo.

Ele pensou por um momento.

— Valendo dez reais? Uma partida, quem ganhar leva.

Parei de repente. Ele também parou, olhou para trás e viu minha mão estendida.

— Fechado! — respondi quando ele apertou minha mão.

Retomamos a caminhada e continuei ajudando Guilherme com a tampinha sempre que ela vinha para meu lado, até que ela foi parar longe demais e não valia a pena buscá-la. Nós dois ficamos em silêncio até nos despedirmos.

Paramos na frente da casa dele.

— Não vai fugir da revanche — disse Guilherme, abrindo um sorriso.

— Não se preocupe, estarei lá.

CAPÍTULO 13

20h57
   20h58
   20h59
   21h00
   !
   21h02
   !
   ...
   21h25

CAPÍTULO 14

Acordei indisposto no sábado, sem conseguir levantar da cama. Minha cabeça e meu ombro doíam e eu sentia calafrios por todo o corpo. Era de se esperar que meu organismo respondesse de alguma forma. Morrer todas as noites certamente não era bom para a saúde.

Mandei mensagem para Lucas pelo MSN, dizendo que não poderia ir à casa dele, pois estava doente. Ele quis saber se era por causa do pai dele e eu disse que não, mas senti que ele não acreditou. Secretamente, eu estava feliz por ter uma desculpa boa e verdadeira para evitar ir lá por alguns dias.

Oguh diz:
Vc pode vir aqui pra casa se quiser

Luquinhas diz:
Não
É melhor vc descansar
Depois a gnt se fala

Não desconectei do MSN, mas deixei meu status como invisível para não ser incomodado. Fiquei deitado quase a manhã toda. Minha mãe estranhou e foi me procurar.

— Hugo, você tá queimando — disse depois que tocou na minha testa.

Foi uma luta insistir para que ela não me levasse ao hospital. Eu disse que só estava gripado, devia ter pegado na escola. Ela acabou aceitando, mas foi fazer um chá, mandou César ir comprar remédio e ficou de olho em mim.

Sozinho, tremendo de frio na cama, sem vontade até mesmo de ouvir música, fiquei me perguntando o que aconteceria se eu morresse de outra forma, em outro horário. Não tinha respostas, mas já estava me sentindo esgotado por causa da repetição de mortes. Os sintomas eram a consequência e um aviso de que não tinha como viver daquele jeito. Tudo o que eu queria era não sentir mais dor.

CAPÍTULO 15

A febre foi embora. Meus músculos continuaram doloridos, mas era uma dor leve e eu já estava me acostumando a ela. Acreditar que eu poderia me acostumar com algo assim foi alimentando a vontade de manter as mortes em segredo. Considerei muito contar para meus pais ou meus amigos o que estava acontecendo, mas sempre que eu tentava, abrindo a boca para falar, as palavras não se formavam e eu acabava concluindo que era melhor deixar para lá. Não sabia por onde começar a abordar o assunto, queria evitar gerar preocupação e tristeza neles. Eu simplesmente não sabia como pedir ajuda.

Foi impressionante como consegui incluir as mortes na minha rotina. Tive a ideia de morrer no banheiro. Comecei a deixar o banho para 21 horas. Eu sempre ficava de olho se alguém estava usando o banheiro naquele momento, para ter tempo de mudar de plano. Mas como César só saía do trabalho às 23 horas e meu pai passava muito tempo na estrada, a casa era minha e da minha mãe na maior parte do tempo.

Eu pegava minha toalha, ia para o banheiro e esperava o primeiro tiro, reprimia o grito, ligava o chuveiro e sentava no chão para esperar a morte. Quando eu acordava, a água tinha levado quase todo o sangue e sobravam pouquíssimos vestígios para limpar. Ao levantar, fazia tudo o mais rápido possível, eliminando os restos de sangue e tomando banho de verdade em poucos minutos. Ficava no banheiro por volta de meia hora, e logo minha mãe começaria a reclamar de que eu estava desperdiçando água com banhos demorados. Mas ela não me arrancaria de lá. Morrer no banheiro era menos arriscado. Era melhor gastar água do que ter todo aquele trabalho de limpar o quarto.

Quase duas semanas se passaram e não adoeci de novo. Mas eu ainda não sabia o que fazer. Ter controle sobre o cenário da morte era necessário, mas arriscado, e eu achava inconcebível ficar confortável com toda a situação. Não sabia quanto tempo aquela maldição iria durar e não queria continuar preso a ela.

Enquanto isso, meus dias seguiam com uma normalidade que em nada combinava com as noites. A professora Cássia gostou do nosso trabalho de lendas urbanas, mas Nicole continuou dizendo que teria sido bem mais interessante se tivéssemos feito no formato de blog. As aulas pareciam voar com o ano letivo cada vez mais próximo do fim, e a culpa era daquela sensação de estar fechando uma etapa muito importante das nossas vidas. Terminar o ensino médio me deixava ansioso pelas possibilidades que estavam por vir. Mesmo desanimado e cansado, tentava estudar para o vestibular, que aconteceria em janeiro. Eu tinha muito medo de não passar na prova e acabar tendo que arranjar um emprego qualquer em Pedra Redonda. Cursar uma graduação era a única coisa que me tiraria daquela cidade, e eu *queria* ir embora. Ela era pequena demais para meus sonhos.

Nesse meio tempo, Guilherme acabou ganhando os dez reais da aposta, mas foi por pouco. Ele realmente jogava melhor na máquina de fliperama e, mesmo sem subestimá-lo, acabei perdendo. Para mim, aquilo não era uma competição, mas uma desculpa para passarmos mais tempo juntos. E talvez ele também sentisse o mesmo, porque, no dia da aposta, acabou comprando três reais em fichas com o dinheiro que ganhou de mim.

A proposta de revanche acabou sendo a motivação para jogarmos em outros dias. Era estranho ver aquela amizade renascer das cinzas justo quando estávamos dando adeus à escola. Mas parecia certo e a sensação era boa, a improbabilidade só deixava tudo mais interessante.

E foi assim que o fliperama se tornou um lugar aonde eu não ia mais apenas com Lucas e Nicole.

Havia uma promessa entre nós três: continuaríamos amigos depois que o ensino médio acabasse e manteríamos contato caso morássemos em cidades diferentes. A amizade de Nicole e Lucas era muito importante para mim e eu queria estar próximo deles pelo máximo de tempo possível. Sentia que não manteria laços com mais ninguém da escola. Mas essa promessa estava em risco, principalmente no que dizia respeito a Lucas e eu.

Depois daquele dia em que finalmente entendi por que o pai dele não era simpático comigo, voltei à casa deles somente uma vez, e fiz questão de me assegurar de que só Lucas e a mãe dele estariam lá. Isso, querendo ou não, gerou um distanciamento. Pela primeira vez, não nos encontrávamos quase todas as tardes e finais de semana, mesmo que continuássemos nos vendo todo dia na escola e nos falássemos com frequência pela internet.

Mas isso foi só o começo, as coisas ficariam ainda mais estranhas entre nós.

CAPÍTULO 16

Estávamos no intervalo, tínhamos acabado de sair de uma das aulas mais chatas de Educação Religiosa que tínhamos tido ao longo daqueles três anos, se é que isso era possível. Pegamos o lanche e decidimos nos sentar no chão, perto da nossa sala. Lucas começou a falar dos planos para ir ao cinema no sábado. Planos dos quais eu não havia esquecido, mas ainda não sabia como cancelar. Eles estavam animados, mas eu não conseguiria acompanhá-los. Não mais. Não tinha cinema em Pedra Redonda, precisaríamos ir de ônibus para Brasília. Mas, com a sessão começando às 17 horas, um filme de duas horas de duração, a ida do shopping até a rodoviária, a espera pelo ônibus e todo o trajeto de volta... Eu jamais estaria em casa antes do meu horário de morrer.

— Ai, eu queria que minha mãe tivesse me dado mais dinheiro pra pipoca — disse Nicole.

— De repente a gente junta nossa grana — sugeriu Lucas — e compra uma bem grande pra nós três.

Partia meu coração cancelar, falávamos daquele filme havia meses.

— Eu não vou poder ir, gente — falei, sem conseguir olhar para os dois.

O clima ficou pesado, como se a gravidade do planeta estivesse diferente. Apesar de não estarmos indo à estreia, os ingressos já estavam comprados. A mãe de Lucas havia comprado em uma viagem recente que fizera a Brasília.

Não consegui falar com eles antes disso porque Lucas só nos avisou quando estava com os ingressos em mãos, dizendo que só precisávamos pagá-lo no dia.

O pior era não ter uma desculpa válida. Se eu falasse que meus pais não tinham me dado dinheiro, Lucas e Nicole dariam um jeito. Na verdade, qualquer compromisso que eu inventasse, eles estranhariam ter sido marcado justo para aquele dia. Sem conseguir pensar em uma justificativa, tentei mais uma vez contar a verdade, mas o silêncio me sufocou e me mantive preso à ideia de que era melhor continuar lidando com aquilo sozinho. Então só me restava inventar uma mentira vaga e lidar com a decepção deles.

— Mas por quê? — perguntou Nicole.

Guilherme e Ana passaram por nós. Ele segurava dois copos de suco e ela, um punhado de biscoitos.

— Porque eu prometi pro Guilherme que vou formatar o computador dele.

Todo mundo sabia que eu costumava formatar o computador de alguns conhecidos, mas dizer que eu precisava fazer aquilo justo no dia do cinema era inaceitável.

— Por que você não marcou outro dia? — perguntou Lucas. — Amanhã, domingo, sei lá... Tinha que ser justo no sábado?

— Eu prometi, agora não tenho como desmarcar.

Lucas abriu a boca, depois fechou, sem acreditar. Óbvio que eles achavam que eu preferia estar com Guilherme.

— Mas a gente combinou antes... — queixou-se Nicole.

— Eu sei, mas preciso do dinheiro que vou cobrar. — Tentei melhorar a mentira.

— Então é isso? — perguntou Lucas. — Você não vai mais com a gente e pronto?

Fiquei calado, olhando para o chão. Com o canto do olho, vi Lucas voltando para a sala. Ele não olharia para mim pelo resto das aulas daquela manhã e nem no dia seguinte. O sinal estridente anunciou o fim do intervalo ao mesmo tempo que Nicole se levantou, dizendo algo como "a gente podia ter dado um jeito". Esse era o problema, eu não queria dar um jeito. Ir não era uma opção.

Continuei sentado no chão, sozinho, vendo a movimentação dos alunos seguindo para as salas ou aproveitando para ir ao banheiro antes da aula seguinte. Me senti pequeno e sem salvação. Eu precisava acordar, parar de achar que estava tudo bem continuar morrendo desde que ninguém soubesse. Tinha que fazer algo mais efetivo do que apenas gravar minha morte para analisar de outro ângulo. Se eu queria carregar o problema sozinho, então era importante lembrar que isso me tornava o único capaz de fazer algo para tentar resolvê-lo.

Foi então que tive a ideia de começar a procurar qualquer registro que pudesse estar ligado com aquela maldição. Qualquer informação que me levasse a uma compreensão maior. Era hora de agir, mesmo que para isso eu tivesse de ir atrás do cara que me matou.

CAPÍTULO 17

Pesquisei na internet por "pessoas que morrem todos os dias", mas não tive sorte. Não encontrei informação ou teoria alguma, nem mesmo nos sites mais estranhos, em que, confesso, fiquei com medo de passar muito tempo. Pensei em pedir ajuda para Nicole, já que ela lia mais sobre coisas sobrenaturais do que eu, mas não tinha como fazer isso sem explicar o motivo da pesquisa. Então, acabei indo para a biblioteca da cidade. Chegando lá, falei para a bibliotecária que precisava fazer um trabalho para a escola e por isso queria olhar a seção dedicada aos jornais antigos. Ela não pareceu muito interessada na minha explicação e não fez objeções, apenas me levou para a sala do arquivo.

Pela quantidade de poeira, as pessoas não costumavam ir ali com frequência. Havia duas estantes com jornais velhos organizados em caixas e, na minha opinião, eles deviam estar sendo mais bem cuidados. Não sei se havia uma cópia daqueles arquivos em algum outro lugar ou algo do tipo, mas daquele jeito o material poderia se perder com a ação do tempo. Alguns dos jornais que peguei já estavam em uma situação crítica. Porém, eu não podia desconsiderar a importância da biblioteca. Nem toda cidade pequena tinha uma como aquela.

Eu queria encontrar qualquer registro, de qualquer época, de alguma morte estranha que pudesse ter ocorrido em Pedra Redonda. Uma notícia que tivesse semelhança com o que estava acontecendo comigo. Eu folheava os jornais, passando os olhos nos títulos das reportagens e lendo as que relatavam assassinatos.

Não segui uma ordem para a leitura dos jornais, o que logo percebi ser um erro, então depois comecei a anotar em uma folha do meu caderno as datas dos que eu tinha analisado.

Estava quase desistindo e considerando voltar outro dia, quando uma notícia de 1975 chamou minha atenção.

CORPO DESAPARECE MISTERIOSAMENTE EM HOSPITAL

Semana passada, um fato curioso chocou os funcionários do Hospital Regional de Pedra Redonda. Um jovem negro de 26 anos, identificado como Vinícius Costa, foi levado às pressas para o hospital após ser vítima de um tiro à queima roupa. Apesar de não haver indícios de que o tiro tenha atravessado o corpo do rapaz, os médicos não conseguiram localizar a bala dentro do ferimento. O jovem morreu na mesa de operação.

O inexplicável, porém, ocorreu poucos minutos depois. Quando os médicos retornaram para a sala de cirurgia após atenderem outro chamado de emergência, o corpo de Vinícius não estava mais lá. Os médicos procuraram por todo o hospital, mas ninguém transferiu o falecido para outra sala. Os profissionais confirmam que não havia sinais de vida no corpo quando eles deixaram a sala.

"Só podemos concluir que alguém entrou aqui e levou o corpo da vítima", declarou um dos médicos à nossa reportagem. "Não consigo imaginar quem cometeria tal violação."

Entretanto, começou-se a especular pela cidade que talvez os médicos tenham cometido um erro ao declarar Vinícius morto. Muitos acreditam nessa versão, dizendo até que o homem teria fugido sozinho do hospital. "Mesmo que ele não estivesse morto, não teria chegado muito longe", relatou uma enfermeira. "O ferimento era grave, não havia salvação."

A família de Vinícius segue preocupada com o desaparecimento do rapaz. Independentemente do que tenha acontecido, eles querem respostas e desejam fazer o velório o quanto antes.

A notícia não recebera destaque na página do jornal, estava espremida em um canto, sem fotos. Mas sua estranheza era próxima o bastante do que eu estava vivendo. Eu não podia calcular ao certo por quanto tempo Vinícius permanecera morto, nem mesmo sabia se funcionava da mesma forma para outras pessoas. Fiquei imaginando como teria sido se, em vez de acordar numa casa abandonada, eu tivesse sido levado a um hospital e acordasse lá, após os médicos concluírem que eu estava morto.

Pensando sobre aquilo, lembrei que meu assassino cuidou para que não me encontrassem, e a frase que ele disse antes de atirar em mim voltou à minha mente: *depois é só matar alguém.*

Depois é só matar alguém.

Mas como? E por quê?

Aquela notícia podia não ter nada a ver com o que eu estava passando, mas pelo menos eu tinha um nome. Olhei a data da reportagem. Se aquele homem saíra andando do hospital, talvez ainda estivesse vivo em algum lugar. Eu precisava tentar encontrá-lo, talvez ele pudesse me dizer o que fazer.

CAPÍTULO 18

— Festa?

— Sim, todo mundo vai — disse Guilherme.

Por "todo mundo" ele queria dizer os amigos dele.

— Hum, não sei — respondi. — Não sou muito de ir em festa...

— Ah, qual é? O ano tá acabando e já é hora de você aproveitar sua maioridade.

Um convite partindo de Guilherme era tentador, mas minha maior preocupação era acabar me sentindo deslocado no meio de uma galera com quem, apesar da convivência na escola pelos últimos três anos, conversava apenas em raras ocasiões.

— Onde vai ser mesmo?

— Na casa do Fernando.

— E os pais dele?

— Ah, eles são mó de boa, vão curtir com a gente — respondeu Guilherme, animado. — Claro que eles dizem pra gente não beber muito, mas não adianta nada. Sério, vamos! Vai ser legal.

Estávamos sentados em um banco do parque. Nossas bicicletas estavam largadas no chão e compartilhávamos uma garrafa d'água gelada que havíamos comprado minutos antes. Ele queria mesmo que eu fosse à festa.

Menti sobre ter que formatar o computador de Guilherme, mas acabei encontrando-o no sábado. Eu não tinha mais nada para fazer, uma vez que Lucas e Nicole estavam no shopping se preparando para assistir ao filme, ambos ainda muito decepcionados comigo.

— Tá bom — respondi por fim. — Mas só posso chegar depois das 22 e não sei até que horas minha mãe vai me deixar ficar.

— Aêêê! — Guilherme sorriu e colocou uma das mãos no meu ombro, me balançando enquanto comemorava. — Vai ser engraçado te ver bêbado.

Eu sorri, imaginando por que ele achava aquilo, talvez fosse apenas curiosidade de me ver em um contexto que era mais comum para ele do que para mim. Mas não tive tempo de perguntar, outra coisa chamou minha atenção.

Eu jamais esqueceria aquele rosto, mesmo tendo visto por pouco tempo e com pouca luz. Ele e mais três rapazes estavam em um canto mais afastado do parque, pareciam esperar alguém. Os quatro falavam e riam muito alto. Não eram o tipo de pessoa da qual eu gostaria de me aproximar, porém disse para Guilherme:

— Eu preciso falar com aquele cara ali.

Guilherme estranhou a forma repentina como eu disse aquilo, mas olhou para o grupinho que indiquei com um aceno.

— O de azul?

— Sim.

— Pra quê?

Agora vinha a parte difícil.

— Eu não posso te contar. Confia em mim?

Guilherme parecia preocupado.

— Isso tem a ver com o César? — perguntou.

Meu irmão e Guilherme se conheciam porque jogavam futebol no campo perto de casa.

— Não, não, é assunto meu.

— Eu conheço a família desse cara. Ele é da pesada. Tem certeza de que quer fazer isso?

Confirmei com a cabeça.

— E preciso falar com ele sozinho.

Guilherme mandou que eu esperasse no banco e caminhou até o grupinho. Tentei não olhar muito para eles. Se meu assassino me reconhecesse, talvez não quisesse conversar comigo. Eu não queria acusá-lo, apenas fazer algumas perguntas. Não sei o que Guilherme disse, mas depois de alguns minutos conversando com o resto do grupo, o rapaz começou a vir em minha direção.

— E aí? — cumprimentou ele.

Levantei a cabeça, mas não fiquei de pé. Preferi ficar num nível mais baixo para que ele não se sentisse ameaçado. Não que eu me achasse capaz de parecer uma ameaça para alguém.

Olhei para ele por alguns segundos, queria ter certeza de que não me enganara. A expressão dele mudou quando percebeu quem eu era.

— Por favor — pedi. — Só quero conversar.

Ele olhou para os dois lados, aflito, mas não tinha ninguém por perto.

— Olha, cara, não foi nada pessoal. Eu nem te conheço. Só precisava me livrar.

— Como acabo com isso? — perguntei.

— Ainda tá com você? — perguntou ele, surpreso.

— Sim.

— Você tem que matar outra pessoa, usando a arma. É o único jeito. Aquela coisa é do demônio.

— Então é só atirar em alguém que fico livre? — Eu queria ter certeza.

— Sim, foi o que tentei explicar quando atirei em você.

— E como eu acabo com isso de uma vez por todas? Digo, se eu não quiser passar pra outra pessoa.

Ele pensou por um momento.

— Não sei. Só sei que um cara me matou e esperou eu acordar pra poder me contar tudo. Eu tava tão chapado naquele dia que não acreditei nele. Mas acho que não acreditaria de qualquer forma... No dia seguinte, quando morri de novo, eu quase pirei. Fiquei morrendo por uma semana, não aguentei. A dor é insuportável.

Quase ri pensando no quanto eu era idiota por estar com aquilo por três semanas. Parte de mim já concluíra sozinha que para me livrar só precisava matar outra pessoa. Mas, mesmo assim, estava pensando em encontrar um jeito de acabar com tudo de forma definitiva, para que ninguém mais precisasse sofrer.

— Você conhece o cara que te matou?

— Não, nunca tinha visto ele e nunca vi de novo. Nem sei se mora aqui.

Comecei a roer a unha do meu polegar direito.

— Olha, mano, foi mal mesmo. Sei como essa parada é difícil. Se você quiser, posso te ajudar a passar pra frente. É rápido, a arma só faz barulho pra quem está atirando ou recebendo o tiro. A gente foge rapidão.

Era errado achar a oferta tentadora? Eu me sentia sem escolha. Havia uma força maligna sobre mim. Ela me comprimia, me esmagava e fazia com que eu acreditasse que matar outra pessoa era o melhor caminho. Mas não era o melhor, era o mais fácil. De qualquer forma, não conseguia me imaginar embaixo de um poste sem luz, esperando alguém aparecer. Minha consciência não ficaria tranquila. Eu precisava continuar aquela busca sozinho, e algo me dizia que achar o homem da notícia era o melhor caminho.

— Não, valeu, vou tentar dar outro jeito.

Meu assassino não demonstrou mais compaixão ou insistiu na oferta.

— Boa sorte — murmurou ele e foi embora.

Guilherme voltou quando percebeu que eu estava sozinho e sentou ao meu lado.

— Tá tudo bem? — perguntou ele.

— Não, mas vai ficar.

Era o máximo que eu podia dizer. Mas também respondi aquilo para que eu mesmo pudesse ouvir e, quem sabe, acreditar.

Guilherme não insistiu no assunto, o que me deixou agradecido.

— Para com isso... — Ele segurou meu pulso e puxou minha mão com gentileza para que eu tirasse o dedo da boca. Só então reparei que havia puxado a pele do canto da unha e meu polegar estava sangrando. O gosto de sangue na boca não me incomodou.

— Vamos — disse Guilherme, ficando de pé. — Esse sol aqui tá de matar.

O sol se movera desde que havíamos chegado, e não dava mais para ignorar que as árvores não nos proporcionavam sombra havia um bom tempo.

— Pra onde? — Tentei parar o sangramento do dedo na ponta da camiseta. O fluxo de sangue era maior do que parecia ser possível para um corte tão pequeno.

— Você vai ver.

Segui Guilherme sem fazer perguntas, mas curioso para saber aonde estávamos indo. Chegamos ao centro da cidade e paramos em frente a uma sorveteria.

— Meu dinheiro acabou — disse eu antes de entrarmos.

— Relaxa. Fica aí olhando as bicicletas.

Colocamos as bicicletas no bicicletário e fiquei vigiando enquanto Guilherme entrava na sorveteria. Ele voltou com dois potinhos de sorvete.

— Cobertura de chocolate ou morango? — perguntou. — O resto é igual.

— Qual você prefere?

— Perguntei primeiro.

— Morango, então — respondi.

Encostamos na parede da sorveteria, perto das bicicletas. Bem que podíamos ter tomado o sorvete sentados em uma das mesas, porém ele não sugeriu e eu também preferi evitar passar qualquer impressão errada para as pessoas. Éramos só dois garotos tomando sorvete, não deveria ter nada de errado nisso. Mas eu não conseguia ficar confortável nesse tipo de contexto. De qualquer forma, mesmo em pé, era refrescante e doce o suficiente.

Como seria viver sem medo?

Naquele dia, tomando sorvetes juntos, eu começava a entender, ou melhor, a admitir para mim mesmo, o que Guilherme significava. Não era só o retorno de um velho amigo, era também uma novidade que me tirava da rotina exaustiva de mortes. Ela podia até me levar durante as noites, repetidas vezes, sem piedade. O que eu sentia quando estava com Guilherme me puxava para a vida.

CAPÍTULO 19

Conforme fui ficando mais velho, as coisas que o padre falava nas missas de domingo foram perdendo o sentido. Minha mãe ainda garantia que exercêssemos a fé cristã no mínimo dois domingos por mês. Ela e meu pai costumavam ir mais vezes e sempre ficavam de olho quando César e eu deixávamos de ir muitos domingos seguidos. Aquele foi um domingo em que toda a família saiu cedo para não correr risco de ficar em pé na igreja.

Quando a missa terminou e todos saíram, Lucas e a mãe acabaram passando por nós. Eles pararam porque a mãe dele começou a conversar com a minha; enquanto isso, César e meu pai foram esperar no carro. Quase segui os dois, mas acabei ficando com minha mãe. Foi um momento constrangedor, em que nossas mães conversavam sem perceber que os filhos não estavam no melhor momento da amizade.

— Oi — disse baixinho para Lucas. — Como foi o filme?

Talvez não fosse o melhor tópico para iniciar a conversa, mas eu precisava falar algo.

— Foi ótimo. Valeu a pena ver no cinema.

— Espero que não demore muito para sair em DVD.

— E você? — perguntou Lucas. — Formatou o computador?

— Quê? Ah, sim! — respondi, quase me esquecendo da história que inventei. — Olha, Lucas, desculpa. Eu realmente queria ter ido com vocês.

Ele ficou um pouco em silêncio.

— Não foi só pelo filme, Hugo. Você tá estranho ultimamente. Nem tá indo mais estudar com a gente.

— Não sei o que está acontecendo comigo, não estou com cabeça para estudar. Talvez seja preocupação com o vestibular.

— Mas é justamente pro vestibular que você precisa estudar. Sei lá...

Nossa conversa descompassada acabou e nossas mães também encerraram o assunto.

— Lucas, querido — disse minha mãe. — Você nunca mais foi lá em casa. O que aconteceu?

— Pois é, tô estudando muito.

— Ah, não. Até nos fins de semana?

— Às vezes, sim — disse ele.

— Deixa disso, menino. Ninguém precisa estudar tanto — disse minha mãe. — Hoje você vai almoçar lá em casa. Tudo bem, Fabiana?

— Claro, sem problemas — respondeu a mãe de Lucas.

Minha mãe gostava dele e sempre o viu como uma boa amizade, alguém incapaz de me desviar do caminho certo. Ela ainda não havia comentado ou exposto sua desaprovação, mas sei que já havia reparado que eu estava passando muito tempo com Guilherme.

Lucas me olhou, querendo saber o que eu achava do convite de minha mãe.

— Meu tabuleiro de xadrez está com saudade de ver você perdendo — falei.

Ele sorriu pela primeira vez desde o início da conversa.

— Com saudade de *você* perdendo, né?

Lucas aceitou almoçar conosco, e fiquei feliz por isso. Não que aquilo fosse uma solução, mas era uma forma de permitir que nos reconectássemos, de pedir desculpas e de lembrá-lo que nossa amizade era importante.

* * *

Depois do almoço, minha mãe me pediu para lavar a louça. Insisti para fazer aquilo depois, mas ela foi firme na posição de que era melhor eu cuidar da tarefa logo e ter o restante da tarde livre, principalmente considerando que Lucas estava lá em casa. Eu estava com preguiça, mas não adiantou. O argumento dela era mais forte: César havia ajudado no preparo do almoço e meu pai precisava descansar, pois pegaria a estrada no dia seguinte.

— Espera lá no meu quarto — disse para Lucas.

— Posso entrar no meu MSN enquanto isso?

— Claro, fica à vontade. Só sai do meu antes.

Fiquei na cozinha e demorei uns vinte minutos para concluir a tarefa. Quando fui para o quarto, entrei perguntando:

— Pronto pra levar um xeque-mate?

Parei ao ver o que Lucas estava fazendo.

Naquele instante, o mundo não girou, e o próprio tempo parecia congelado. Não me mexi. Queria dar meia-volta para não precisar explicar. Por mim, eu ficaria preso naquele momento para sempre, apenas para não admitir o quanto fora descuidado.

Na tela do computador, eu levantava do chão todo ensanguentado e caminhava em direção à câmera para desligá-la. O vídeo acabou e vi o rosto atônito de Lucas refletido na tela escura. Ele também estava estático, a mão ainda apoiada no mouse.

PARTE 2
SOMBRA

CAPÍTULO 20

— Que merda é essa que eu acabei de ver? — perguntou Lucas com a voz trêmula.

Ele soltou o mouse e me olhou.

Engoli em seco, tentando me livrar do nó na garganta, mas minhas cordas vocais não queriam funcionar. Não sabia o que dizer, porque não havia mais como mentir.

— Você pode me explicar o que aconteceu nesse vídeo? — Lucas se levantou. Estava ficando vermelho de tão nervoso e assustado.

— Isso é uma montagem! Fiz usando um programa de...

— Mentira! Não é montagem. É um vídeo sem corte. Um vídeo seu *morrendo*.

Ele estava falando muito alto. Não podia culpá-lo por querer respostas, mas por que ele estava mexendo nos meus arquivos? O que estava procurando? Ele disse que usaria algo cujo atalho era facilmente localizável na área de trabalho, não tinha motivo para entrar nas pastas. Sei que vacilei e deveria ter apagado o vídeo, ou pelo menos guardado com mais cuidado. Mas meu erro não mudava o fato de que Lucas invadira minha privacidade.

— Está tudo bem, meninos?

Meu pai apareceu na porta do quarto, levei um susto quando ouvi a voz dele atrás de mim.

— Sim, pai. Tá tudo bem. — Enquanto caminhava devagar até o computador, olhei para Lucas em súplica e balbuciei "ele não sabe". Fechei a janela do vídeo e me virei para olhar meu pai. — Lucas não quer admitir que *Homem-Aranha 2* é bem melhor que o três.

Meu pai balançou a cabeça e voltou para a sala.

Nesse momento, eu estava lado a lado com Lucas.

— Vou te contar tudo — disse —, mas você precisa prometer que não vai contar pra ninguém.

Ele fez menção de abrir a boca para falar, mas o interrompi:

— Promete?

— Tá bom, eu prometo.

— Vamos lá pra fora, não quero que ninguém escute.

Na frente da casa ao lado havia uma árvore bem grande com um banco de madeira rústico embaixo, feito pelo marido da vizinha. Eles eram velhos, mas nunca foram antipáticos, daqueles que furam bolas que caem no seu quintal — sempre devolveram todas. Também não se importavam caso alguém sentasse no banco. Lucas preferiu ficar de pé, estava inquieto demais, processando o que vira. Sentei e comecei a contar tudo.

— Sabe aquele dia antes do meu aniversário que a gente foi pro fliperama?

Lucas confirmou com a cabeça.

— Eu fui assaltado quando estava quase chegando na minha rua. Bom, não foi bem um assalto. O cara só queria matar alguém. Então ele atirou em mim, duas vezes: no peito e depois na cabeça. Igual aos ferimentos que você viu no vídeo. Eu morri naquela noite, mas acordei logo depois, como se nada tivesse acontecido. O problema é que aconteceu, sim, de verdade, e não parou de acontecer desde então. Todas as noites, no mesmo horário, eu morro do mesmo jeito.

Aquela poderia ser a parte em que Lucas voltaria a gritar, me acusando de ter enlouquecido. Mas ele mesmo dissera que o vídeo não era montagem; tinha concluído sozinho que, de alguma forma, o que vira era real. Isso ajudou bastante, pelo menos no que diz respeito à compreensão.

— Esse é o resumo da história — falei, já que ele permaneceu calado. — Não sei se é algum tipo de magia ou maldição. Na verdade, sei pouca coisa sobre. Só sei que ela passa de uma pessoa pra outra quando quem está morrendo mata alguém.

— Matar como?

— Com a mesma arma. Eu tô com ela, escondida embaixo da cama.

— Você tá com uma arma em casa?

— O cara deixou comigo depois que me matou. Eu preciso ficar com ela, ela é a razão de tudo isso, a única forma de me livrar da maldição. Mas eu não quero ter que matar outra pessoa.

— Tem outro jeito de você sair dessa?

— Não que eu saiba. — Baixei a cabeça. — Mas é o que tô tentando descobrir.

— E se você não descobrir? Vai ficar com isso pra sempre?

— Qual parte do "não quero matar outra pessoa" você não entendeu? — Eu estava começando a ficar irritado.

Passar o problema para outra pessoa não resolveria a questão como eu queria.

— Então você precisa pedir a ajuda de alguém. Falar com seus pais, chamar a polícia, não sei.

— Não quero levar esse problema pros meus pais, só serviria pra eles ficarem preocupados. E quero menos ainda tornar público. Imagina o inferno que seria minha vida se as pessoas descobrissem! No dia seguinte minha casa estaria cheia de repórteres. Não, eu vou resolver isso sozinho!

— Você podia ter, pelo menos, contado pro seu melhor amigo.

— E o que ele pode fazer além de dar palpites achando que sabe o que é melhor pra mim?

A frase saiu como um trem descarrilhado, uma palavra quase passando por cima da outra. Lucas fechou a cara ainda mais. Ele não conseguia entender que guardei segredo justamente para evitar aquele tipo de situação, nem que minhas mortes estavam diretamente relacionadas ao nosso afastamento.

Nem chegamos a tocar no assunto do cinema, mesmo com ele sabendo a verdade.

— Só quero ajudar.

— Eu sei, obrigado. Mas não tem nada que você possa fazer. Só peço que não conte isso pra mais ninguém. Por favor.

— Aposto que você contou pro Gui... — Lucas balançou a cabeça várias vezes como se estivesse arrependido do que começara a dizer. — Quer saber? Que se dane! Faça o que quiser, você sabe o que é melhor pra você.

E foi embora, me deixando incapaz de verbalizar o pensamento seguinte.

Não é que eu não quisesse ajuda. No começo, não soube como agir e fui incapaz de falar sobre aquilo, mesmo com meus melhores amigos ou minha família, pessoas em quem eu podia confiar. Depois, acreditando ser possível resolver o problema sozinho, fui desenvolvendo formas de proteger ainda mais meu segredo. Não é que eu me achasse forte ou preparado, apenas não queria ser um fardo ou uma preocupação constante para os outros. Seria pior se tivesse alguém me olhando com pena ou me dizendo o que fazer. Meu maior desejo era me salvar sem causar dano a outras pessoas, fossem eles físicos ou emocionais. E faria isso mesmo que precisasse trilhar um longo e solitário caminho.

Talvez eu estivesse sendo burro em deixar Lucas se afastar daquela forma. A ideia do almoço, de tentar fortalecer um laço enfraquecido, teve o efeito contrário. Conforme Lucas foi descendo a rua, observei tudo acabar de desmoronar e fiquei ali por um tempo, sentado no banco, pensando. Alguns minutos depois, vi Guilherme saindo da casa dele com Ana. Eu não queria ser visto por eles, então entrei em casa para ficar sozinho com meus pensamentos.

CAPÍTULO 21

No dia seguinte, tudo estava tão estranho entre mim e Lucas que Nicole percebeu logo de cara. Ela havia me dito pelo MSN que não estava com raiva por causa do cinema, mas, como não sabia da briga mais recente, continuou achando que esse era o motivo para Lucas ainda estar sem falar comigo. E nós dois nem tentamos disfarçar. Enquanto esperávamos o portão abrir, até ficamos juntos perto do muro, mas Nicole era a única que se esforçava para conversar. Lucas e eu murmuramos respostas monossilábicas e não falamos diretamente um com o outro. Nicole logo desistiu de tentar manter uma conversa e ficamos em silêncio até o sinal tocar.

Dentro da sala, me apressei para sentar do lado oposto ao que costumávamos sentar. Assim Lucas não teria a chance de trocar de lugar antes de mim e eu conseguiria demonstrar que não precisava dele. Nicole ficou ainda mais confusa. Peguei um livro enquanto a aula não começava, numa tentativa de impedir que falassem comigo, mas tudo o que fiz foi ler o mesmo parágrafo umas três vezes, sem conseguir me concentrar.

— O bicho é tão CDF que lê até antes da aula. — Ouvi Guilherme dizer.

Ana deu uma risadinha e se acomodou, junto com Fernando, na fileira ao meu lado. Guilherme, por sua vez, sentou na cadeira bem à minha frente. Ele costumava colocar a mochila pendurada no encosto da cadeira, de forma que ela ficou virada para mim. Depois que terminou de organizar suas coisas, Guilherme girou o corpo para poder me olhar e ficou com as pernas viradas para a lateral.

— Posso ver? — perguntou ele, estendendo a mão.

— Claro — respondi. Com ele puxando assunto é que eu não leria mesmo.

Nossos dedos se tocaram quando lhe entreguei o livro, que ele fechou para olhar a capa. Era *Eu, robô*, de Isaac Asimov.

— Ah, eu já vi o filme. Não sabia que tinha livro.

— Posso te emprestar depois.

— Hum, não sei. Só li dois livros inteiros até hoje. Não curto muito.

— Mas esse é legal.

Eu comecei a contar a ele um pouco do começo do livro. Ana e Fernando também ouviram interessados, provavelmente por causa da empolgação com que contei. Parei de falar quando o professor entrou na sala.

A maioria dos alunos não gostava de começar a segunda-feira com uma dobradinha de matemática, principalmente faltando tão pouco para o ano acabar — motivo pelo qual as aulas estavam cada vez mais vazias. Eu tentava aproveitar o máximo do que os professores ainda tinham a dizer, pois, mesmo já tendo notas para ser aprovado, achava que os conteúdos seriam úteis para o vestibular. E eu não estava conseguindo estudar em casa. Depois, tivemos uma aula de português, e nesse ponto já havia alguns alunos dormindo debruçados sobre as mesas.

Quando o sinal do intervalo tocou, Guilherme perguntou se eu queria me juntar a eles. Fernando tentaria sair da escola para comprar uma garrafa de Coca-Cola e um pouco de pão de queijo em uma padaria próxima. Contribuí com um real, e eles foram na frente. Enquanto terminava de guardar minhas coisas, vi Nicole e Lucas falando com a professora de português. Só então lembrei que era a terceira semana em que eu não levara a redação extra para ela corrigir. Na nossa escola não havia uma preparação específica para o vestibular, mas a professora Cássia corrigia redações dos alunos que demonstravam interesse.

Nicole e Lucas saíram, deixando a sala quase vazia. Eu tentei fazer o mesmo sem chamar a atenção da professora, mas não deu certo.

— Hugo, você pode vir aqui por gentileza? — perguntou ela quando eu estava quase chegando à porta.

— Sim, senhora — murmurei indo até a mesa dela.

— Você parou de me entregar as redações. Aconteceu alguma coisa?

Ah, nada de mais, só morri mesmo. Ou melhor, vamos colocar isso no presente do indicativo: eu morro. Todos os dias.

— Não, tá tudo bem — respondi. — Só estou meio distraído e desmotivado.

Ela não pareceu muito convencida.

A morte me fez olhar para tudo com mais apatia. Como pensar em construir um futuro quando se está preso no presente? Preso dentro de si mesmo.

— Não pude deixar de reparar que está sentando com outros colegas. Tem certeza de que está tudo bem?

— Aham. Tenho, sim.

— E o curso? Já se decidiu? — Tenho certeza de que ela fez essa última pergunta para tentar deixar as coisas mais brandas e não ficar só me dando broncas de forma indireta.

— Eu acho que vai ser Ciência da Computação mesmo.

— É um bom curso.

Cássia era uma ótima pessoa, a única professora negra que tive no ensino médio e uma das poucas da escola que não fazia os alunos se sentirem completos desperdícios. Nos últimos três anos, ela vinha nos incentivando em relação à faculdade, fazendo-nos acreditar que era possível continuar estudando depois do ensino médio. Sempre que ela falava com a turma sobre o futuro, colaborava para ampliar nossa capacidade de vislumbrar alternativas.

— Prometo que na próxima segunda vou trazer uma redação — falei.

— Tudo bem, fico feliz — respondeu ela, sorrindo. — Agora vai lá aproveitar o intervalo.

Avistei Guilherme abraçado com Ana próximo ao portão enquanto esperavam Fernando voltar com o lanche. Fiquei na dúvida se deveria ir até eles, mas Guilherme havia me chamado e eu não queria ficar sozinho no intervalo. Então, fingi que não me importava de ver os dois abraçados, até porque, mesmo sabendo que aquele sentimento era inevitável, uma voz na minha mente continuava repetindo que era errado. Ainda assim, eu queria ficar perto dele.

Atravessei o pátio cheio de alunos, a maioria ainda na fila do lanche, outros jogando três cortes na quadra, alguns conversando com colegas de outras turmas. Quando parei ao lado de Ana e Guilherme, Fernando entrou pelo portão, parando para oferecer um copo de refrigerante ao guardinha. Depois, encheu um copo descartável para cada um de nós, e fomos sentar em um dos bancos vazios. No caminho, porém, Nicole apareceu na minha frente.

— Posso falar com você?

Demorei alguns segundos para responder.

— Claro.

Me afastei um pouco com ela, que foi direto ao assunto:

— O que está acontecendo entre você e Lucas?

— Ele tá com raiva de mim por causa do filme, só isso.

— Ah, fala sério. Nem na sexta vocês estavam assim. Aconteceu mais alguma coisa.

— Não vem ao caso, melhor deixar pra lá. — Tentei fazer parecer que não tinha importância, o que era impossível, pois estávamos falando de Lucas.

— Então você também não vai me contar o motivo?

Fiquei contente por saber que Lucas tinha guardado meu segredo.

— Não, desculpa.

Era impossível não envolver Nicole naquilo, ela era parte de um trio inseparável que fora desfeito.

— Acho que não é pra mim que você precisa pedir desculpa — disse ela. — Seja lá o que for, resolvam logo. É burrice ficar agindo assim.

— Você disse que não gosta de chamar os outros de burro.

Ela suspirou.

— Não gosto, mas vocês tão merecendo. É sério, conversem.

— Tá bom, vou tentar falar com ele.

Mas eu sabia que não queria ter outra conversa daquela com Lucas, com certeza ele continuaria falando que eu devia contar sobre as mortes e procurar ajuda. Ele era tão cabeça-dura quanto eu.

Nicole ficou me olhando, talvez decidindo se acreditaria na minha palavra.

— Você tá com uma cara horrível — disse ela.

— Como assim?

— Não sei, parece meio abatido. Tá tudo bem?

— Sim, só tô cansado mesmo.

Nicole, com sua mente de escritora, era muito observadora, porque nem mesmo minha mãe tinha comentado algo ainda. Porém, mais tarde, quando me olhei com cuidado no espelho, vi meu rosto um pouco mais magro e as olheiras mais fundas que o normal. Não era algo gritante ou "horrível" como Nicole descrevera, mas havia uma mudança na minha aparência. Não gostei do que vi. Era o reflexo de um jovem começando a adoecer, o início do declínio. Resultado de um corpo que sangrava todas as noites.

Ver meu corpo daquele jeito evidenciou o problema, me fez perceber que eu não podia continuar evitando o caminho óbvio. Achava que minha resistência era por medo de usar a arma e dos possíveis desdobramentos disso, mas depois entendi que inconcebível para mim era a ideia de passar aquele sofrimento adiante. Eu não me sentia no direito de fazer isso, mesmo com um desconhecido. Mas e se não houvesse alternativa? E se eu acabasse *precisando* matar outra pessoa?

CAPÍTULO 22

Aqui vai uma lista das coisas que eu mais gostava quando estava com Guilherme:

1. A risada geralmente alta e sempre contagiante que ele tinha.
2. O cheiro que era mais dele próprio do que de perfume.
3. Nossas conversas sobre tudo.
4. Os indícios de que ele também queria minha companhia.
5. A sensação de estar a um passo de arriscar.

Também havia os dias em si, tardes envoltas em uma simplicidade que, no futuro, seriam lembradas com nostalgia. Ele foi a calmaria diurna que fez com que eu suportasse as noites.

Apesar de querer resolver tudo sozinho, de não querer envolver Lucas, Nicole e muito menos minha família, eu precisava me sentir bem, fazer algo que me distraísse, inclusive ignorar as responsabilidades de objetivos que eu definira e não sabia se ainda valiam a pena seguir. Não enquanto eu, morto, caminhasse.

Eu não perdia tempo questionando se me sentiria daquela forma caso não estivesse perdendo o propósito da minha vida. Ele foi o primeiro raio de sol que surgiu durante a tempestade. Por isso, nunca recusava seus convites para bater perna pela cidade. Eu precisava daquilo, mesmo que não entendesse, mesmo que negasse o quanto. Era mais fácil negar a intensidade daquelas sensações e mantê-las na categoria segura da amizade. Não, negar nunca foi fácil. Mesmo assim, era o que precisava ser feito.

Então, aqui vai uma lista das coisas que eu ficava repetindo para mim mesmo:

1. É errado.
2. Você não pode se sentir assim por outro garoto.
3. É errado.
4. Ele tem namorada.
5. É errado.
6. Ele nunca vai te olhar como olha para ela.
7. É errado.
8. Ele jamais vai gostar de você do jeito que você gosta dele.
9. É errado.

Era ingenuidade tirar forças de um sentimento que me ensinaram a condenar?

Eu mantinha Guilherme por perto sem que ele soubesse como isso me fazia bem. Era melhor assim. O sentimento era meu, a impossibilidade era nossa. Então, que eu fosse o único lidando com aquilo. Ele não precisava saber e eu não teria coragem de falar, não havia sentido nisso. Por essas razões eu nunca o chamava de "Gui", como seus amigos ou Ana, e me esforçava para não demonstrar muita intimidade, temendo que isso pudesse ser interpretado como confissão. Uma revelação do quanto eu queria exatamente tudo o que negava.

De forma consciente, eu me reprimia ao mesmo tempo que me entregava em segredo. Eu era uma árvore florescendo, mas que derrubava suas flores com os próprios galhos. Uma árvore que não queria mais sangrar.

Por isso, certo dia, perguntei:

— Você mataria alguém pra salvar a própria vida?

Guilherme não virou o rosto para me olhar, continuamos deitados em uma das poucas áreas do parque em que havia grama o bastante para que não sujássemos as costas de terra e sombra suficiente para nos proteger do sol vespertino. Tão próximos um do outro que eu poderia tocá-lo, mas me limitava a olhar com o canto do olho seu peito subindo e descendo conforme respirava.

Não era a primeira vez que um de nós fazia uma pergunta aleatória. O que você faria se pudesse ficar invisível? Para onde você iria se pudesse viajar no tempo? O que você compraria se ficasse milionário? Coisas assim.

— Eu não sei — respondeu ele. — Acho que depende da pessoa. Se fosse alguém desconhecido, eu só ia pensar em continuar vivo.

Parecia simples, mesmo de forma hipotética. Simples como a sugestão de Lucas. Não seria essa a conclusão da maioria das pessoas? Não julgo ninguém por isso. Estava tentando não me julgar pelos meus pensamentos dos últimos dias. Buscando entender que também não era justo continuar carregando um fardo que não era de fato meu e que eu não tinha aceitado receber. A notícia que achei, as mentiras que precisei contar para minha família e meus amigos, a briga com Lucas... Não via solução no meu horizonte, só uma nuvem de problemas. Era hora de tentar dissipar tudo e reencontrar a normalidade da minha vida.

CAPÍTULO 23

Não me orgulho do que fiz. O cansaço já estava acumulado e uma situação com meu irmão intensificou meus questionamentos e minhas aflições. Não dava para continuar daquele jeito. Não queria fazer aquilo, mas precisava.

Eu havia acabado de acordar no banheiro e ouvi César batendo na porta.

— Hugo, cê tá surdo?

Com a cabeça ainda zonza, demorei um pouco para entender o que estava acontecendo.

— Cara, preciso usar o banheiro.

— Já vou! — gritei.

Escorreguei no sangue e quase caí quando me levantei. Eu tinha que me livrar daquilo tudo logo. Não fazia a menor ideia de há quanto tempo César estava chamando. Usei a água do chuveiro para limpar o chão e o resto de sangue no meu corpo. Nem tomei banho direito.

Quando finalmente saí do banheiro, César disse:

— Caramba, pensei que você já tinha saído dessa fase.

— Quê? — Senti meu rosto esquentando. — Eu não demorei por causa disso.

— Aham, sei...

César passou por mim e entrou no banheiro; ele estava com pressa porque ia sair com os amigos. Não sei como ele conseguia trabalhar quase todas as noites e ainda ter disposição para sair nas folgas.

Fui para o meu quarto e quase chorei pensando nas vezes que podiam ter me chamado no banheiro e não respondi porque estava morto. Aquilo estava cada vez mais cansativo. Lembrei da minha conversa com Guilherme. Eu não era um herói, não precisava ser tão altruísta.

Tranquei a porta do quarto e me ajoelhei no chão para pegar a caixa embaixo da cama. Eu não havia tocado na arma desde que a guardara ali. Ao abrir a tampa, foi como se ela me olhasse de volta, vitoriosa, sabendo que eu finalmente cedera. Ela ria de mim, dizendo que eu fora fraco e não suportara. Coloquei-a debaixo do meu travesseiro, teria que esperar César estar fora e meus pais irem dormir para sair. Enquanto isso, peguei uma touca velha, quase longa o suficiente para fazer o que eu queria. Precisava proteger minha identidade. Coloquei a touca na cabeça, puxando-a toda para cobrir meu rosto. Medi onde ficaram os olhos, tirei a touca e fiz dois furos com uma tesoura. Depois, coloquei a touca mais uma vez e fiquei me olhando no espelho. Era algo bem amador. Só meus olhos e um pedaço do queixo ficaram visíveis. Aquilo teria que servir.

Com o rosto coberto, lembrei das conversas que meu pai fizera questão de ter comigo e César. Ele reforçou diversas vezes a importância de só fazermos o certo, independentemente do contexto ou do que os outros nos dissessem. Nunca usar drogas ou roubar. Nunca agir por influência. O que ele diria se me visse daquele jeito, esperando a hora de sair e matar alguém?

Fiquei com falta de ar, era ruim respirar com aquilo tapando o nariz. Tirei a touca e me olhei com desgosto. Abri a porta do quarto com mais força do que pretendia. O lugar estava deixando de ser um espaço de distração e descanso e se tornando testemunha do meu sofrimento incessante. E também foi por isso que não desisti da ideia.

Peguei um pedaço de papel e escrevi um bilhete, explicando para minha vítima por que ela acordaria após ter sido morta e o que fazer com a arma que encontraria. Era melhor assim do que tentar dizer antes ou ficar esperando para contar. Esperei, torcendo para que o bilhete servisse para diminuir a confusão do próximo condenado.

Foi difícil pegar minha bicicleta, atravessar o quintal e passar pelo portão sem fazer barulho, ainda mais porque levava uma arma presa no cós da calça, o metal gelado tocando minhas costas. Era desconfortável, talvez mais por saber o que significava estar fazendo aquilo. Fiquei com a sensação de que o revólver acabaria escorregando e caindo a qualquer momento, principalmente quando montei na bicicleta e comecei a subir a rua.

Fui para bem longe da minha quadra; não seria esperto fazer aquilo perto de casa. Estava com medo, não estava acostumado a sair sozinho tão tarde. Passei por algumas pessoas até encontrar um ponto que me pareceu propício. Era uma parada de ônibus perto da entrada de uma rua. Concluí que eu poderia me esconder atrás da parada, esperar alguém descer de um ônibus ou sair de uma das ruas da redondeza. Eu não estava raciocinando direito. Meu coração batia cada vez mais acelerado conforme eu pensava nos desdobramentos do que estava prestes a fazer. Tantas coisas poderiam dar errado.

Mas eu estava lá, então era dançar conforme a música ou continuar morrendo.

Fiquei em um ponto estratégico, apoiado na bicicleta e com a touca guardada em um dos bolsos — o bilhete estava no outro. Acabei me posicionando não atrás da parada, e sim um pouco afastado dela. Assim poderia parecer que eu esperava alguém que estava chegando do trabalho. Algo muito comum na cidade; era perigoso estar na rua naquele horário sem companhia. Tanto que eu não ignorava meu próprio medo de estar ali, sozinho.

Não demorou até uma mulher descer de um ônibus quase vazio. Ela me olhou desconfiada e logo apressou o passo para se afastar. Olhou para trás na minha direção várias vezes, mas não me movi. Talvez por não estar pronto ainda ou por ter percebido o medo dela. Eu estava nervoso, mas não podia deixar isso me paralisar. *A próxima pessoa*, pensei, prometendo para mim mesmo. Quem quer que fosse.

O ônibus seguinte estava um pouco mais cheio, mas só um homem desceu. Não era uma das paradas mais movimentadas. O homem, que não me olhou nem demonstrou se importar comigo, devia ter uns vinte e tantos anos, era branco e tinha um corpo mais forte que o meu. Me senti intimidado, mas eu estava armado, isso devia ser suficiente para amedrontá-lo. De qualquer forma, era agora ou nunca. Não podia ficar a noite toda esperando a oportunidade ideal.

Esperei o homem se afastar um pouco, verifiquei se de fato não havia mais ninguém por perto e coloquei a touca na cabeça. Subi na bicicleta e fui atrás do cara, ele andava rápido, mas logo consegui alcançá-lo. Joguei a bicicleta no chão, quase pulando dela em movimento e, enquanto puxava o revólver, gritei para que ele parasse. Eu tremia da cabeça aos pés, e a arma parecia pesar vinte quilos, estava difícil manter o braço suspenso.

O homem olhou para trás, mas não parou. Em vez disso, saiu correndo, indo em direção à esquina mais próxima.

— Droga! — murmurei, começando a correr e puxando o gatilho com a arma apontada para as costas dele.

A arma fez um barulho seco, só um clique. Puxei o gatilho de novo, o cara ainda estava na minha mira. A arma não estava travada, eu me certificara disso. Puxei uma terceira vez, mas não funcionou. O homem entrou na rua e parei de correr, sentindo meu coração pulsando no peito, o suor no meu rosto deixando a touca molhada. Guardei a arma e voltei com pressa para a bicicleta. Era melhor eu sair logo dali, alguém podia ter me visto e chamado a polícia.

No meio do caminho, tirei a touca. Como podia ter tanto azar? Eu testara a arma antes de sair de casa e ela tinha funcionado. Mas, quando eu finalmente decido me livrar daquela maldição, ela se recusa a atirar. Foi aí que eu tive certeza de que ela ria de mim, e bem alto, fazendo coro com a morte.

CAPÍTULO 24

Gastei semanas pensando no que significaria pegar a arma e procurar uma vítima, para, no fim, a morte decidir continuar comigo. Se tivesse funcionado, eu teria a liberdade como saldo positivo para justificar minha ação, então, talvez, não me sentiria tão mal. Mas fui deixado apenas com o fato de ter tentado matar uma pessoa e falhado. A frustração se misturava com vergonha.

Na noite seguinte, sozinho em meu quarto e com a porta trancada, peguei a arma e apontei-a para o teto. Puxei o gatilho. Tudo estava do mesmo jeito de antes, mas dessa vez deu certo. O projétil foi em direção ao céu e atravessou o teto sem deixar marcas, como se fosse apenas a sombra de algo que já existiu. Abri o revólver e ainda consegui ver a bala se juntando às outras, se solidificando a partir do pó. Por que falhou justo quando precisei dela?

Não houve movimentação no resto da casa. Meu assassino estava certo quando falou que outras pessoas não conseguiam ouvir a arma, mas não sobre ser simples passar a morte para a frente. Não era "só matar alguém". A arma se recusara a fazer isso.

Olhei dentro do cano e pensei pela primeira vez no que aconteceria caso eu tentasse me matar. Não com ela, com outro objeto, em outro horário. Arriscar uma última nova dor para não sentir outra repetidas vezes. A morte me traria de volta depois de 23 minutos? Eu morreria definitivamente se usasse outros meios?

Afastei o pensamento e me levantei da cama para guardar a arma. Eu não podia me sentir tão preso a ponto de querer acabar com a minha vida. Tinha planejado meu futuro, tinha até alternativas para os meus objetivos, ideias sobre fazer uma boa faculdade e conquistar coisas que meus pais não puderam ter, mas que, graças a eles, apareciam no meu horizonte. Eu ainda não estava morto, precisava me lembrar da importância de pensar para além do presente. O ano estava acabando, haveria novos começos.

Talvez fosse hora de buscar um meio-termo. Me lembrar do futuro que eu queria. Por isso, mesmo estando cansado e já sendo 22 horas, peguei uma apostila do vestibular e me sentei à mesa do computador. Tentei me libertar, mas não adiantou. Se a morte não queria largar de mim, eu me empenharia ao máximo para continuar vivendo bem na cara dela. E a melhor forma de fazer isso era me lembrar de quem eu era antes de morrer pela primeira vez.

CAPÍTULO 25

Não sei por que acabei indo à festa, não costumava fazer aquilo. Mas acho que foi exatamente por isso que fui. Eu queria aproveitar, ter uma experiência diferente, quem sabe fazer novos amigos. E, claro, Guilherme estaria lá.

Depois de acordar no banheiro e limpar todo o sangue, tomei um banho caprichado e me arrumei. Estava nervoso, minha mente imaginava todas as situações embaraçosas pelas quais eu poderia passar. Demorei para escolher a roupa e acabei indo pelo caminho mais fácil: uma calça jeans simples e uma camiseta da mesma cor do meu All Star.

Meus pais obviamente estranharam o fato de eu estar indo a uma festa, mas pareceram contentes por eu estar saindo um pouco de casa. Eles só quiseram saber quem iria comigo e fizeram inúmeras recomendações.

— Lucas e Nicole vão com você? — perguntou minha mãe.

— Não, eles não quiseram — menti.

Minha mãe pareceu um pouco decepcionada por eu estar indo sem os amigos nos quais ela mais confiava, mas meu pai disse:

— Você tá certo, meu filho, tem que aproveitar enquanto é novo. Divirta-se.

Peguei minha bicicleta e adentrei a noite tranquila. Era bom esquecer os problemas e respirar o ar noturno sem nada me sufocando. Naquela noite, eu não morreria mais. Até às 21h02 do dia seguinte, não havia com o que me preocupar.

Parei na frente da casa de Fernando, de onde vinha música em um volume bem alto que com certeza estava incomodando os vizinhos. O portão estava aberto, então fui entrando. Guardei minha bicicleta e caminhei para o quintal, onde a festa estava acontecendo. Devia ter umas vinte pessoas, e eu conhecia a maioria só de vista. Guilherme veio correndo me receber. Ele estava com um copo de caipirinha na mão e colocou o braço sobre o meu ombro. Senti o calor de seu corpo. Nunca tínhamos ficado tão próximos.

— Você veio!

Ele nem conseguia esconder o tom de surpresa.

— Milagres acontecem — respondi.

Ana, rindo, me cumprimentou com um abraço. Depois eles me levaram para dentro da casa para me apresentar para os pais de Fernando. Eles estavam na cozinha, preparando um caldo de frango e outros aperitivos que seriam servidos em breve. Agradeci aos dois pela recepção, e Guilherme me puxou de volta para fora. Wellington e Priscila, que estudavam em outra turma de terceiro ano, estavam fazendo drinques. E foi para lá que ele me levou. Os dois misturaram alguma coisa com refrigerante de limão e Priscila me entregou um copo.

— Quem chega tem que virar — disse Ana, me encorajando.

Todos pareciam curiosos para ver como eu agiria, já que estava ali com eles. Eu ficava totalmente sem graça quando muitas pessoas prestavam atenção em mim. Virei o copo, mas só consegui beber metade. A bebida era muito forte. Mas ninguém pareceu se importar, ficaram contentes por eu ter tentado. Uma vez finalizado o show da minha chegada, todo mundo voltou a atenção para outras coisas.

— É um bom começo — disse Guilherme.

Ana estava contida, quase sóbria, mas Guilherme estava mais alegre que o normal, parecia já ter bebido bastante. A playlist era uma mistura de funk e pop brasileiros com hip-hop e pop estadunidenses. Devia ser um CD de MP3 gravado sem qualquer critério de seleção. Das músicas em inglês, ninguém sabia de fato o que as letras diziam, mas muitos acompanhavam, cantando e pronunciando as palavras de qualquer jeito. A maioria das garotas dançava, mas os rapazes não — a não ser que fosse com uma delas, assim nenhuma masculinidade era colocada à prova pelos movimentos da dança.

No fim de uma música mais lenta, Guilherme e Ana se beijaram. Fiquei desconfortável com aquilo, mesmo já tendo visto os dois fazerem isso várias vezes. Estava cansado de presenciar aquele tipo de situação, mas não era certo sentir ciúmes. Guilherme era apenas meu amigo. Senti vontade de ir embora, mas ao mesmo tempo foi estranho, porque eu mal chegara, e isso não tinha relação com a festa. Foi mais uma confirmação do quanto eu queria Guilherme. O que eu estava fazendo?

A música seguinte começou com o inconfundível "Glamurosa, rainha do funk" vibrando na caixa de som, o que fez Ana soltar uma exclamação de alegria e chamar as amigas para dançarem juntas. Mesmo no meio delas, Ana foi o centro das atenções. A música parecia ter sido feita para ela, que, de forma proposital ou não, dançava olhando para um sorridente Guilherme, me lembrando quem estava com ele. Devo ter feito uma cara estranha, porque logo Guilherme me perguntou:

— Tá tudo bem? — Ele deixou um pouco de lado a expressão de quem estava se divertindo e me olhou com preocupação.

— Sim, sim. Tá tudo bem — respondi, tomando mais um gole. Precisava me lembrar de não deixar aquilo acontecer de novo.

Saí de perto dele e fui para a mesa onde Fernando e um grupinho jogavam dominó. Comecei a prestar mais atenção nas outras pessoas e na comida que chegava para não pensar só em Guilherme, o que talvez não fizesse muito sentido, já que ele era o principal motivo de eu estar ali. Mas, como se fosse o próprio diabo ou tivesse consciência dos efeitos que causava em mim, Guilherme também foi para perto do dominó alguns minutos depois, aproveitando que Ana estava distraída conversando e rindo com as amigas.

As pedras de dominó eram colocadas na mesa sempre com muita força, a não ser por um rapaz que tinha movimentos tímidos e voz calma.

Mais do que eu até. O garoto tímido era a dupla de Fernando, eles ganharam batendo de bucha nas duas pontas, o que obviamente gerou muita comoção.

Todos pararam de jogar porque a mãe de Fernando chegou servindo cachorro-quente e refrigerante.

— Ô Gui, você podia pegar o baralho pra gente jogar — disse Fernando de boca cheia. — Tá ligado onde eu guardo?

— Sim, tô sim — respondeu Guilherme. Depois ele me olhou e a sensação foi de que fez isso por tempo demais. Mas logo ele sussurrou para mim:
— Vamo lá comigo?

Eu estava prestes a pegar um copo de refrigerante para não ficar só me embebedando, mas mudei de ideia e segui Guilherme. Ele foi um pouco na frente, sem esperar por minha resposta. Ana ainda estava distraída com as amigas e não prestou atenção.

Entramos no quarto de Fernando. Guilherme primeiro encostou a porta e só depois acendeu a luz. Com medo de tropeçar em algo, fiquei parado. Quando houve luz, percebi que estava perto demais dele. Não recuei ou desviei os olhos. Resisti ao impulso de fazer essas duas coisas, porque aquele era o momento em que tudo poderia ser perdido. Ele me encarou de volta, também em silêncio. Em seu olhar havia receio, o último sopro de dúvida. Tenho certeza de que teve os mesmos pensamentos conflitantes que eu. Mas ficar parado, mesmo sem dizer nada, foi uma resposta. Não me afastar o mais rápido possível significou algo.

O tempo saltou alguns segundos e nossos lábios se tocaram. Um milésimo de segundo depois e demos continuidade ao beijo. Uma pequena pausa e tive medo de que ele me empurrasse arrependido, mas, em vez disso, ele me puxou para mais perto. Eu sentia não só seus lábios, mas todo o corpo contra o meu. Nunca vou esquecer que tocava "Equalize" da Pitty lá fora, e sempre vou lembrar da poesia que se desenhou dentro de mim. Eu me sentia tão nervoso e eufórico que parecia até ser a primeira vez que nos beijávamos. Não pensávamos naquela única ocasião de quatro anos antes. No fim das contas, era um recomeço.

Afastamo-nos e rimos juntos ao entender o que acontecera. Gui me beijou de novo, já estávamos perdidos mesmo. Mas esse outro beijo foi mais curto, como um lembrete de que o anterior não fora ilusão ou efeito do álcool. E se fosse um desses casos, acho que não ligaria. Eu só me importava com o momento.

Ouvimos alguém reclamar da música lenta e pularam para a próxima. Guilherme pegou o baralho na cômoda de Fernando. Apagamos a luz e saímos do quarto fazendo questão de deixar certa distância entre nós. O resto da casa parecia outro mundo. Eu tinha deixado as boas sensações no quarto.

Ali fora, a festa seguiu com nós dois o mais distantes possível, muito mais que antes. Eu dava olhadas rápidas na direção dele, não conseguia evitar. Ele fazia o mesmo, e me perguntei se era por interesse, vergonha ou mera resposta aos meus olhares. Me senti tão inseguro e preocupado com o que aconteceria dali em diante que tive medo de que a expressão dele significasse arrependimento, ou que a minha transmitisse isso de alguma forma. Ninguém sabia ou podia desconfiar do que tínhamos feito, mas era como se nos condenassem em segredo. Quando a culpa está enraizada em seu interior, você se torna o próprio juiz e carrasco.

Mas antes do fim da festa aconteceu algo que quase me fez esquecer o beijo.

Um vulto surgiu em meio aos convidados. Quando percebi sua presença, senti minha mandíbula travar e desviei o olhar, mas com o canto do olho vi que ele continuou na mesma posição, sem fazer nada. Eu estava com medo, mas a curiosidade me fez olhá-lo de novo. Ele não tinha rosto ou roupas, cabelo ou pele. Parecia feito de fumaça preta, como uma sombra descolada de sua fonte. Mas o formato era do corpo de um homem um pouco mais alto do que eu. Será que só eu estava vendo aquilo?

— Você tá vendo aquilo ali? — perguntei para Wellington. — Atrás da pilastra.

Ele olhou para onde apontei.

— Ih, tu tá mó bebão já — respondeu ele.

Todos riram, o que me fez desviar o olhar, e a sombra desapareceu. Olhei para o espaço vazio que ela deixou para trás e tive certeza de que não era deste mundo. Mais uma coisa a ser adicionada à minha lista de acontecimentos inexplicáveis. Eu podia ter culpado o álcool, seria mais fácil. Mas eu nem estava tão bêbado assim. Apesar disso, não foi com surpresa que senti meu estômago revirar e levantei, quase correndo, para vomitar no banheiro.

CAPÍTULO 26

No domingo, acordei com minha primeira ressaca e jurando que jamais beberia de novo. César me ajudou preparando um suco que ele disse ser infalível, e de fato me senti melhor. Eu não queria que meus pais soubessem que eu tinha passado da conta, então não comentei nada com eles e fingi estar tudo bem. Meu irmão, como era de se esperar, fez algumas piadinhas, mas eram inofensivas. Não faziam eu me sentir mal, como aconteceria caso recebesse uma bronca dos meus pais.

Na segunda-feira, torci para que ninguém que estava na festa se lembrasse da parte que tive uma alucinação, muito menos de quando me levantei apressado. Eu não devia ter comentado em voz alta sobre a visão daquela sombra, mas com a ida ao banheiro acho que consegui disfarçar. Entretanto, de todas as pessoas, a que eu mais queria evitar era Guilherme. Depois do beijo, só nos falamos na hora da despedida. O que, na minha cabeça, significava que ele havia se arrependido.

Quando ele passou por mim de mãos dadas com Ana, sem nem sequer olhar na minha direção, foi como receber dois socos no estômago. Continuei encostado no muro, sozinho e pensando que aquele teria sido um ótimo dia para faltar à aula. Nicole ainda não tinha aparecido, mas Lucas não demorou a chegar de carona com o pai. Ele saiu do carro pegando a mochila e foi para perto do portão com a cabeça baixa. Também não me olhou, mas os motivos dele eram outros. E havia um novo. Mesmo ele passando rápido, consegui ver que um de seus olhos estava meio roxo logo abaixo da pálpebra inferior.

Sabendo o que aquilo significava, quando o sinal tocou e a entrada nas salas foi liberada, sentei na cadeira atrás dele pela primeira vez desde o nosso último desentendimento.

— Tá tudo bem? — perguntei, mas era evidente que não. Lucas ficou calado. — Foi seu pai?

Eu falava baixinho, o barulho dos outros alunos chegando abafava nossa conversa.

— A mesma merda de sempre — disse Lucas sem se virar para trás —, mas dessa vez não deixei ele encostar nela.

Engoli em seco e apertei o ombro dele, deixei minha mão ali por alguns segundos e disse:

— Eu tô aqui pro que você precisar.

Lucas balançou a cabeça para indicar que sabia, mas continuou cabisbaixo.

— Eu também — disse ele. — Desculpa por ter ficado falando como você devia resolver o... você sabe.

Para piorar minha aflição em relação a Guilherme, a manhã passou devagar. A única coisa positiva foi ver a professora de português contente quando lhe entreguei uma redação antes do intervalo.

Na hora de ir embora, guardei meus materiais devagar, fazendo de tudo para ser o último a sair. Era um sinal silencioso que torci para Guilherme entender e também demorar. A melhor forma de saber seria perguntando. Ficar supondo como ele estava se sentindo só aumentaria minha aflição. Eu temia que nossa amizade fosse mais uma vez abalada por culpa de um beijo. Quatro anos antes não houve despedida, só nos afastamos. Tudo seguiu e de repente nem nos falávamos mais. Então eu queria pelo menos saber qual seria nosso destino.

Guilherme parou na porta.

— Podem ir na frente — disse ele para Ana e os amigos. — Acho que esqueci meu caderno.

Eles foram junto com a multidão de alunos e Guilherme voltou, fingindo procurar o caderno debaixo da mesa. Os últimos dois horários tinham sido de Educação Física, então a maioria dos alunos estava com pressa para chegar em casa e tirar a roupa suada.

Quando ficamos sozinhos, eu me levantei e disse:

— Não consigo parar de pensar no que aconteceu sábado.

Fui direto ao ponto.

— Você ficou me evitando no restante da festa e não sentou perto de mim hoje — disse ele. — Tá arrependido do que a gente fez?

— Eu ia te perguntar a mesma coisa. — Deixei um sorriso escapar. — Não, não tô arrependido.

Ele sorriu meio sem graça, abaixou a cabeça e se sentou na mesa, mas foi me olhando que falou:

— Eu queria ter te beijado há tanto tempo, mas continuava dizendo pra mim que era errado.

— Então você tomou coragem só porque estava bêbado — falei, em um tom meio confuso entre pergunta e afirmação.

Ele olhou para trás; não havia ninguém perto das janelas da sala. Uma vez que os alunos passavam pelo portão, o guardinha não deixava entrarem de novo. O máximo que poderia acontecer era algum atrasado passar pelo lado da sala ou um funcionário da escola aparecer. Guilherme se levantou e deu apenas três passos. Eu nem sabia que estávamos tão perto, mas acho que durante a conversa fui me aproximando sem perceber. Com um movimento rápido ele me deu um beijo, só um pouco mais demorado do que um selinho. Sem dizer mais nada, saiu da sala, me deixando ali com uma resposta e um sorriso no rosto.

CAPÍTULO 27

Naquela semana após a festa, a sombra apareceu pela segunda vez.
Eu estava sentado no chão do banheiro, com o corpo molhado e o chuveiro desligado. Esperando. Não olhava as horas no relógio, mas senti quando a morte se aproximou. 21 horas e ouvi o barulho do gatilho explodindo dentro da minha cabeça. Meu peito foi perfurado como em todos os dias anteriores, mas dessa vez a sombra estava lá comigo. Ela apareceu e ficou parada dentro do box, me olhando de cima com sua cabeça sem rosto. Foram só alguns segundos, só até meus olhos arregalados piscarem. No instante seguinte, ela desapareceu.

A dor tornava difícil pensar no que aquilo poderia significar.

Não havia tempo...

21h02.

...
...
...
...
...
...
...
...

...
...
...
...
...
...
...
...
...
...
...
...
...
...
...
21h25.

A primeira coisa que fiz ao acordar foi olhar em volta. Respirei aliviado quando vi que estava sozinho — não que aliviado fosse uma boa palavra para definir o estado de quem acabou de retornar dos mortos. Liguei o chuveiro, comecei a limpar o sangue e me dei conta de que já completara um mês desde minha primeira morte. E, como se não bastasse continuar preso àquilo, eu sentia que a sombra estava prestes a se tornar mais um problema na minha lista.

CAPÍTULO 28

Lucas soltou mais uma manga verde e eu por pouco não a deixei cair como fizera com a anterior.

— Acho que já tá bom — disse Nicole.

No quintal da casa dela havia um enorme pé de manga. O sal e o tempero pronto estavam preparados em um prato, separados um do outro, e tínhamos duas mangas para cada um de nós. Lucas desceu da árvore com menos cuidado do que deveria, pulando de um galho para o lado de Nicole que já cortava uma manga.

Havíamos feito uma pausa nos estudos para descansar. Eu estava tentando voltar a participar com mais frequência do nosso grupo de estudos. Só tivemos aquela ideia no meio do ano, mas era algo que fazíamos por conta própria pensando no vestibular.

— Agora que vocês são amiguinhos de novo, bem que podiam me contar o que diabos aconteceu — disse Nicole. — Continuo achando que não foi só por causa do filme.

Eu ainda nem tinha tido oportunidade de conversar com Lucas fora da escola. Fazia dois dias que estávamos nos falando de novo, tudo parecia bem, quase como se a discussão não tivesse acontecido, mas eu tinha receio de que voltássemos a nos desentender quando tocássemos no assunto da morte.

— Não foi nada de mais — disse Lucas. — Só um desentendimento bobo por causa de um mangá meu que o Hugo estragou. Ele não queria me dar outro, mas já resolvemos.

— A gente só não soube lidar bem com a discussão — completei, agradecido por ele tomar a iniciativa de inventar uma história. — E você sabe como Lucas consegue ser um otário às vezes, na hora de falar com os outros.

Consegui desviar do pedaço de casca de manga que ele arremessou contra mim. Nicole não pareceu muito convencida, talvez não estivéssemos mentindo bem ou ela fosse observadora demais. De qualquer forma, não insistiu no assunto. Nicole não admitiria, mas era perceptível que, por Lucas e eu nos conhecermos há mais tempo, ela não se sentia tão próxima de nós em alguns momentos. Mas nunca houve algo de que a excluímos propositalmente, a não ser a questão da morte que eu continuava escondendo do máximo de pessoas possível. O fato de Lucas ter descoberto me fazia pensar que não seria a pior coisa do mundo contar para Nicole. Eu *sabia* que podia confiar nela, mas tinha medo de que nossa conversa também resultasse em algum tipo de discussão. Além disso, ela com certeza perguntaria o que eu estava fazendo para me livrar da maldição, e falar sobre isso me faria encarar meu progresso quase inexistente.

Peguei uma das faquinhas de serra e comecei a cortar a manga. Nunca fui muito habilidoso na hora de descascar frutas. Com um movimento mal calculado e a força que coloquei, a faca escorregou e acabou perfurando minha mão. Gritei, mas não por causa da dor em si. No exato momento do corte, a sombra apareceu atrás de Nicole, praticamente encostada no pescoço dela, mas com o rosto vazio virado para mim. Deixei a manga e a faca caírem no chão e virei as costas, não para esconder o ferimento dos meus amigos, mas sim para não precisar ver aquela figura fantasmagórica em plena luz do dia.

Olhei para baixo, segurando a mão machucada, e vi o corte no dedo começar a se fechar, como que retrocedendo no tempo. Passei o dedo por cima de onde a ferida estava segundos antes. Tão rápida quanto veio, ela foi embora, como se aquele pedaço do meu corpo tivesse morrido e em seguida voltado à vida. Ou pior: como se meu corpo entendesse que ainda não era hora de se machucar, porque tínhamos um horário marcado com a dor.

As mortes, a sombra, meu corpo se regenerando. A quantidade de coisas absurdas aumentava, cada uma me levando até a próxima, me fazendo perceber que a dimensão de toda a situação era muito maior do que eu imaginara.

— Você está bem? — perguntou Nicole, se aproximando.

Coloquei o dedo na boca, precisava me livrar do sangue que restou. Por sorte não tinha sido muita coisa.

— Sim — respondi, mostrando a mão para meus amigos. — Foi só o susto.

— Nossa, eu jurava que você tinha se cortado — comentou Nicole. — Tenha mais cuidado, Hugo.

— Corta pra mim? — pedi, fazendo cara de coitado.

— Também não é pra tanto — respondeu Nicole.

Fingi que estava ofendido. A sombra havia ido embora. Três vezes era o suficiente para eu concluir que ela estava me seguindo. Mas querendo o quê, exatamente? Ela tinha o formato que lembrava uma pessoa, um homem, mas não era daquele jeito que eu imaginaria um fantasma. Eles não deveriam ser translúcidos e ter o rosto das pessoas que foram um dia? Era estranho questionar o formato da coisa e não sua existência. Se bem que nunca fui cético em relação a fantasmas, muito menos seria naquele contexto. Minha avó costumava contar histórias sobre parentes que apareceram em sonho ou em algum ponto específico da casa. Minha mãe também tinha histórias assim para compartilhar, em menor quantidade, mas sem jamais duvidar da veracidade. Então, na minha família, ver fantasmas não era tão absurdo; morrer todos os dias, sim.

— Nicole, eu vi um filme de terror esses dias e fiquei pensando. Será que fantasmas são do jeito que aparecem nos filmes mesmo? Tipo... translúcidos.

Inventei isso para disfarçar a pergunta, mas Nicole vivia lendo assuntos relacionados para colocar nas suas histórias de terror. Ela era a pessoa mais indicada para falar sobre aquilo. E mesmo sabendo que não estava indo direto ao ponto, foi uma forma que encontrei para começar a falar sobre o assunto.

— Não sei — respondeu ela. — Nunca parei pra pensar nesse tipo de coisa.

Lucas me olhou, curioso.

— E caso eu quisesse ler mais sobre isso? — continuei. — Você conhece algum livro?

— Ah, eu posso procurar algo. E tô adorando te ver mais interessado nisso.

— É que... Acho que vi uma coisa outro dia... er... um fantasma. Foi uma parada muito estranha, parecia um vulto, uma sombra. Tinha uma aparência nada amigável.

— Sério? — perguntou Lucas.

Afirmei com a cabeça.

— Sei lá, vai ver foi só impressão minha, mas pareceu real pra caramba.

Ficamos em silêncio.

— Eu acredito em você — disse Nicole. — Sempre parto do pressuposto de que existem muitas coisas que estão além da nossa compreensão. E Pedra Redonda é uma cidade estranha. Relatos de chupa-cabra e de abdução alienígena são só o começo. Tem muitos outros mistérios sem explicação.

— Alguma coisa deve ser real — incentivei, sabendo que minha experiência confirmava a teoria dela.

— Sim — comentou Lucas com a voz rouca.

Quando estávamos prestes a ir embora, a mãe de Nicole chegou do trabalho. Entrou na cozinha com uma bolsa grande e uma sacola de uma loja de roupas, onde colocava o uniforme. Ela parecia bastante com Nicole: ambas tinham a pele marrom, o rosto arredondado e os olhos pretos. Lucas e eu a cumprimentamos fazendo o sinal de "oi", uma das palavras básicas em Libras que Nicole nos ensinara.

Mãe e filha conversaram fazendo os sinais com as mãos acompanhados de expressões faciais. Lucas e eu não entendemos o que elas diziam, mas em um momento a mãe de Nicole apontou para nós dois.

— Ela quer saber se vocês vão jantar aqui hoje — explicou Nicole.

— Não, eu prometi pra minha mãe que jantaria em casa — respondi. — Mas obrigado.

— Eu também não posso — falou Lucas quase ao mesmo tempo.

Nicole sinalizou nossa resposta, e a mãe fez uma expressão de quem lamentava. Lucas e eu terminamos de arrumar nossas coisas, nos despedimos das duas e fomos pegar as bicicletas. Fora da casa, quando já estávamos pedalando, ele perguntou:

— Véi, que história é essa de fantasma? No começo pensei que você tava de zoeira, mas depois vi que parecia sério.

— É recente — contei. — Comecei a ver a sombra de um homem. Ele aparece muito rápido e não tem rosto. Não sei o que significa, mas sei que está relacionado às mortes.

Desci de uma calçada, sentindo o impacto da altura do meio-fio no pneu dianteiro da bicicleta.

— Caramba, que estranho — disse Lucas.

— Eu tô tão confuso. Tentei usar a arma, tentei passar a morte pra outra pessoa. Mas a arma não funcionou.

Aproveitei e contei tudo o que acontecera naquela noite.

— Sinto muito, Hugo. E... — Lucas fez uma pausa. — Desculpa mais uma vez por ter agido feito um babaca, não consigo imaginar como você está se sentindo.

— Tá tudo bem, não precisa se desculpar mais. Também não fui a pessoa mais receptiva.

Lucas demorou um pouco a falar, talvez decidindo se valia a pena.

— Olha, não ache que estou te pressionando. Mas, de todo mundo que a gente conhece, você deveria considerar contar pra Nicole. Acho que ela pode te ajudar a procurar uma solução. Cara, ela já leu mais coisas que nós dois juntos. E olha que a gente lê bastante.

Seria difícil continuar ignorando aquilo.

— Você tem razão — murmurei. — É, talvez seja melhor fazer isso.

Ter o apoio de Nicole não faria mal. E eu estava começando a perceber como era bom poder conversar com Lucas sobre tudo o que estava acontecendo. Não me sentir sozinho era bom, mesmo que não pudesse, de fato, dividir o peso do fardo que carregava.

CAPÍTULO 29

A ideia me ocorreu alguns dias depois, quando eu estava lavando a louça do almoço de domingo. Mexer com os objetos cortantes me fez pensar no que tinha acontecido quando machuquei o dedo na casa de Nicole. Olhei para trás para me certificar de ainda estar sozinho. Era importante ter certeza, mas a vontade de testar não eliminava o receio de não dar certo. Minha vida, minha mente, meu corpo, tudo estava diferente. Morte, sombra, regeneração... O que viria depois?

Peguei a faca que minha mãe costumava usar para cortar carnes, era umas das maiores e mais afiadas. Foi mais difícil juntar coragem do que pensei, porque a dor seria causada por mim e de propósito. Respirei fundo, encostei a lâmina da faca na palma da mão e a puxei com força. Deixei uma interjeição baixinha de dor escapar, quase como um suspiro, e vi o sangue começar a escorrer. Poucos segundos depois, o fluxo de sangue parou. Liguei a torneira para lavar minha mão e aproveitei para tirar o sangue da pia. Passei o polegar onde fiz o corte, a pele estava lisa e sem cortes, como se nada tivesse acontecido.

Olhei para trás de novo, só para ter certeza de que ninguém me veria fazendo aquilo, não queria ser mal interpretado. Pressionei a faca no antebraço e a puxei com um movimento demorado. Minha pele foi marcada por um corte maior e mais profundo que, apesar de demorar quase um minuto, também desapareceu.

A dor existia apenas durante o ato, quando a carne se curava ela ia embora. Lavei a faca, limpei a pia e saí da cozinha para ir encontrar meu pai.

Nos meus pensamentos, uma pergunta: o que aconteceria se me ferisse de forma mais grave? Meu corpo conseguiria se regenerar caso eu fosse atropelado ou pulasse de um prédio? Eu estava tão condenado a morrer no mesmo horário e da mesma forma que nenhuma outra morte me era permitida?

Porém, por mais intrigante que fosse, eu não estava disposto a testar o nível de regeneração do meu corpo. Não iria mais longe com aqueles testes. Abusar da sorte não estava nos meus planos.

Fui para a sala e encontrei meu pai cochilando no sofá, ao lado de minha mãe, que assistia a um programa de auditório. Eu preferia deixá-lo dormir, mas sei que depois ele reclamaria, por isso o acordei.

— Pai, tô pronto.

Ele acordou com um leve susto e já foi se endireitando no sofá, como se quisesse provar que seu sono não estava tão pesado assim.

— Solange, vou levar o Hugo pra dirigir — disse, ficando de pé.

— Tomem cuidado, vocês dois — respondeu minha mãe enquanto eu dava um beijo nela.

Aquela seria minha terceira aula ilegal de direção. A segunda acontecera havia bastante tempo, porque estava difícil conciliar com os horários do meu pai. Quando estava de folga, ele sempre precisava descansar. No fundo, eu nem concordava muito com as aulas, preferia esperar até começar a autoescola, que eles tinham prometido pagar no ano seguinte. Mas meu pai queria que eu já tivesse alguma noção de direção antes de tirar a habilitação, assim não haveria risco de reprovar na prova prática. Ele e César aprenderam a dirigir antes de estarem habilitados, e dirigiam muito bem, então não podia ser de todo mal.

Meu pai me levou para o campo de futebol perto de casa, onde César e Guilherme jogavam bola. O lugar era, na verdade, um descampado de terra batida no qual os próprios moradores deram um jeito de colocar duas traves sem rede. O campo estava vazio quando chegamos. Meu pai parou o carro e saímos para trocar de lugar. Atrás do volante, tentei lembrar das instruções passadas por ele nas outras duas ocasiões. Ele era um ótimo instrutor e muito paciente, não brigou comigo quando tive dificuldade para mudar de marcha ou deixei o carro morrer. Eu tentava fazer tudo com muita cautela, pois estava com medo de causar algum acidente. No fim, ainda estava longe de conseguir dirigir sozinho e por longas distâncias, ainda mais se fosse em uma estrada movimentada, mas era ótimo poder passar aquele tempo com meu pai.

CAPÍTULO 30

Em uma terça-feira no fim de novembro, deixamos a escola duas aulas mais cedo. Nosso trio acabou andando ao lado de Ana e Guilherme enquanto saíamos pelo portão com outra turma que também foi liberada.

— Não dá pra usar — disse Guilherme para Ana. — O computador dela não tá ligando desde que fui lá na semana passada.

Tínhamos ouvido só parte da história, mas deu para entender o contexto. Lucas se intrometeu.

— Por que você não pede pro Hugo olhar? Ele já formatou o seu antes.

Guilherme olhou para mim e depois para Lucas, sem entender.

— Não, eu não tenho computador. Quem tem é minha irmã.

Eu ainda não havia esclarecido aquela história com Lucas.

— Eu posso olhar — me apressei a dizer. Não queria ninguém entrando em detalhes, Nicole já estava desconfiada. — Talvez seja algo simples.

— Nossa, obrigado — disse Guilherme. — Tô me sentindo culpado porque pode ter sido eu que estraguei.

Acabamos indo só nós dois. Lucas foi correndo para casa, queria chegar a tempo de ver *Super Choque* e *X-Men: Evolution*. Nicole e Ana não iam para a escola de bicicleta, então não podiam nos acompanhar. Guilherme e eu teríamos que passar primeiro na minha casa porque eu precisava pegar o disco de instalação do sistema operacional, caso formatar o computador fosse a única solução.

Em casa, passei correndo pela sala para deixar minha mochila no quarto e pegar o CD. Nem tirei o uniforme.

— Mãe! Vou sair de novo! — gritei em direção ao quintal. — Vou formatar o computador da irmã do Guilherme.

Quando minha mãe estava em casa naquele horário era porque não conseguira marcar nenhuma faxina em Brasília.

— Tá bom, meu filho. Cuidado!

Ela adorava quando eu formatava algum computador, porque conseguia ganhar um dinheirinho para mim, mas não pretendia cobrar de Guilherme.

Já que estávamos na nossa rua, Guilherme também aproveitou para deixar a mochila em sua casa. Depois fomos em direção ao bairro onde a irmã dele morava. Era um pouco afastado do nosso e tivemos que atravessar o centro da cidade. No meio do caminho, passamos na frente de uma mercearia e dei a ideia de comprarmos refrigerante. Eu pagaria, como retribuição pelo sorvete do outro dia. Guilherme ficou na frente da loja com nossas bicicletas enquanto eu comprava.

Não demorei nem cinco minutos, porque a mercearia, além de pequena, estava vazia. Saí com a garrafa de dois litros dentro de duas sacolas plásticas e, quando eu estava pegando minha bicicleta para continuarmos o caminho, um carro de polícia que subia a rua acabou parando bem do nosso lado. Foi tudo muito rápido. Num segundo eu estava rindo com Guilherme, porque ele continuou segurando minha bicicleta mesmo comigo pedindo-a de volta, e no outro um policial saiu do banco do passageiro já com a arma apontada para nós dois. Meu sorriso desmanchou quando entendi o que estava acontecendo. O policial gritou para que colocássemos a mão na cabeça e fiquei sem saber se deveria soltar o refrigerante ou não. Guilherme foi muito mais rápido, largou as bicicletas, levantou os braços e ficou parado com as pernas um pouco afastadas. Com o coração batendo forte, imitei os movimentos dele e ficamos esperando o segundo policial vir nos revistar.

Não era a primeira vez que aquilo acontecia comigo, nem seria a última. O sentimento de nervosismo e vergonha era sempre o mesmo. Conforme o policial passava a mão no meu corpo sem se justificar, fui me sentindo invadido e violado, pensando nos olhares em volta. O policial passou de mim para Guilherme com movimentos rápidos e treinados. Comecei a suar e tive medo de que meu nervosismo, de alguma forma, fosse interpretado como culpa de uma acusação que eu nem sequer sabia qual era.

Os policiais não encontraram nada, mas começaram a fazer várias perguntas sobre o que estávamos fazendo, para onde estávamos indo, porque estávamos fora da escola naquele horário. E o principal: se as bicicletas eram nossas. Respondemos tudo de cabeça baixa. E tanto eu quanto Guilherme estávamos com a nota fiscal das respectivas bicicletas, talvez o pai dele também o tenha ensinado a fazer isso. No fim, os policiais nos liberaram. Nenhum pedido de desculpas foi feito, nenhuma explicação sobre o que estavam procurando foi dada. Nossos rostos negros eram apenas suspeitos demais para eles, mesmo com ambos vestindo uniforme e estando parados na frente de uma mercearia sem fazer nada.

Constrangido, peguei minha bicicleta e fiquei com medo de que os policiais nos seguissem pelo resto do caminho até a casa da irmã de Guilherme. Sabia que ela havia se casado pouco tempo atrás e se mudado para lá com o marido. O conjunto habitacional era novo e as ruas ainda não tinham asfalto.

Guilherme abriu o portão com sua cópia da chave.

— Você tá bem? — perguntou ele quando entramos e ficamos protegidos pelo muro.

— Tô sim, só meio tenso por causa do baculejo.

Ele soltou um suspiro.

— Já tô até acostumado — disse com uma voz triste.

Não havia mais o que dizer.

Olhei ao redor. A grama verde que cobria a maior parte do quintal tinha um cheiro agradável e o vento me lembrou de respirar.

— Não tem ninguém em casa? — perguntei, percebendo que tudo estava fechado.

— Minha irmã e o marido trabalham o dia todo e minha sobrinha fica na creche — respondeu Guilherme. — Mas minha irmã costuma vir almoçar.

Ele me levou até a mesa do computador e foi abrir as janelas da casa. Depois, voltou com dois copos de refrigerante e colocou uma cadeira do meu lado para me ver trabalhando. O computador não quis ligar de jeito nenhum, então tive mesmo que formatar. Mas foi um processo tranquilo e com o qual eu já estava acostumado. Guilherme permaneceu ao meu lado o tempo todo, chegando a ficar alguns momentos com o queixo apoiado no meu ombro. Quando terminei, ficamos mais à vontade, aproveitando o tipo de intimidade que só era permitida na ausência de outras pessoas. Como a irmã dele podia chegar, não fomos além dos beijos e toques. Momentos assim, ainda que fossem raros, eram importantes para me fazer entender e nomear aquele sentimento crescendo dentro de mim.

CAPÍTULO 31

Minha rotina com Lucas voltou com uma naturalidade incrível. Estávamos não só estudando com Nicole de novo, como fazendo coisas que nos deixavam felizes, como assistir a filmes e jogar na casa dele e no fliperama.

Numa quinta-feira, saímos para comer, algo que não fazíamos havia um tempo, e eu queria um momento fora da escola em que não estivéssemos estudando para contar sobre a maldição a Nicole. Ir caminhando para o centro da cidade foi nossa única opção; não queríamos ir com nossas bicicletas, e o carro do meu pai ficaria na oficina até segunda-feira por causa de uma peça que quebrara no dia anterior. Passei na casa de Lucas e depois fomos até a de Nicole. Foi ótimo bater perna pela cidade e saber que os atritos recentes não deixaram marcas em nossa amizade.

Além das pizzarias, lanchonetes, bares e do movimento de pessoas e carros na rua, não havia muito o que olhar, mas queríamos ver a decoração de Natal. Naquele ano, a prefeitura tinha colocado na praça árvores de Natal feitas com garrafa pet. Não era lá essa beleza toda, mas pelo menos era ecologicamente correto; as luzes ajudavam a melhorar a aparência delas. Alguns anjos, renas, Papais Noéis, estrelas, embrulhos de presentes e mais luzes se espalhavam por toda a praça. Havia algumas partes cercadas e com TNT branco no chão simulando neve. Mas a grande atração mesmo era o presépio, que era bem maior que o do ano anterior. Algumas pessoas tiravam fotos nele, inclusive colocando crianças pequenas dentro para posarem ao lado do Menino Jesus.

Caminhamos um pouco pela praça e aproveitamos para sentar quando um banco ficou vazio. Gostei do lugar porque era uma parte com menos pessoas, então ninguém prestaria atenção no que eu precisava falar.

— Nicole, preciso te contar uma coisa.

Ela fez uma cara de surpresa por causa do anúncio repentino e Lucas aguardou em silêncio. Eu sabia que ele estava feliz por eu estar fazendo aquilo, porque mesmo com a decisão tomada, acabei postergando a conversa. Eu já falara para Nicole sobre o fantasma, não fazia sentido querer a ajuda dela sem que soubesse de toda a história.

Então contei para ela tudo o que vinha acontecendo desde meu aniversário. As mortes, a aparição da sombra, os ferimentos se regenerando. Pontuei o cansaço, o desânimo, a descrença de que conseguiria me libertar daquilo sem ferir outra pessoa e a preocupação com os efeitos no meu corpo. Nicole ouviu tudo com paciência, sem fazer perguntas. Ela finalmente sabia do real motivo para Lucas e eu termos ficado sem nos falar. Ela não reclamou por ter sido a última a saber nem duvidou das coisas que falei. No final, tudo o que fez foi me dar um abraço, pois eu estava chorando.

Lucas deu um jeito de participar do nosso abraço, e me senti seguro ali, entre os dois, ao mesmo tempo que pensava em como errei por acreditar que, além de conseguir resolver tudo sozinho, não tinha que envolver meus amigos. Eu precisava deles. A sensação que aquele abraço me proporcionou era prova disso.

— Nós vamos resolver isso, Hugo. Confia em mim — disse Nicole. — Nada é indestrutível. A gente só precisa de mais informações, entender melhor.

— É, vamos dar um jeito — afirmou Lucas.

— Eu tava pesquisando sobre fantasmas, mas não fui muito adiante — continuou Nicole. — Se soubesse da gravidade, teria levado mais a sério.

— Desculpa não ter contado antes — falei. — Eu... eu não queria preocupar vocês e fiquei achando que conseguiria me livrar disso sozinho.

— Esquenta não. Você sempre foi meio assim, né? — disse Lucas. — Teve uma vez, Nicole, que ele torceu o pé jogando queimada na aula de educação física e não contou pra ninguém na escola. Eu mesmo só fiquei sabendo no dia seguinte, quando ele apareceu com o pé enfaixado.

— Achei que era melhor ficar de boas e deixar pra contar pra minha mãe quando chegasse em casa. A gente só tinha mais uma aula — completei a história enquanto Nicole ria de mim. Depois de uma pausa, concluí: — É, acho que preciso aprender a pedir ajuda.

— A gente pode ver a arma? — perguntou Nicole.

Sem saber como isso poderia ajudar, respondi:

— Sim, mas tem que ser em um dia em que eu tiver sozinho em casa. Não quero tirar ela de lá.

Virei o rosto na direção do presépio e vi Guilherme e Ana chegando na praça. Ele ria de algo que ela falava, tanto que nem reparou no nosso trio, foi Ana quem nos viu primeiro e acenou. De mãos dadas, os dois caminharam até nós. Depois do trabalho de português, ela passou a interagir com a gente. Também era nítido como Guilherme e eu estávamos convivendo mais, principalmente fora da escola; entretanto, essa proximidade ainda não tinha levantado suspeitas.

Não sabia definir o que Guilherme e eu tínhamos. O afeto que vivenciávamos às escondidas não mudara nossa rotina. Continuamos nos vendo à tarde sempre que possível, fazendo as mesmas coisas e indo aos mesmos lugares de antes, mas torcendo para ficarmos sozinhos — o que nem sempre acontecia. Na escola, tomávamos cuidado com o que dizíamos e com nossas interações, temendo deixar transparecer algo. Não era um *relacionamento* de fato. Ou era? Eu estava com Guilherme, porém ele estava com Ana. Situação complexa. De qualquer forma, quanto mais tempo eu passava com ele, mais me sentia desconfortável ao interagir com ela. Sempre que a olhava, lembrava que seu namorado era infiel por minha causa.

Era difícil me manter confiante e não me entregar aos incômodos causados pelo segredo e pela impossibilidade de viver aquilo de forma plena, mas eu tentava não desmerecer meus sentimentos. Estar perto de Guilherme me fazia bem e melhorava meu humor. Com ele, eu me sentia mais feliz. Não concordar com a situação significaria perdê-lo, e eu não queria isso. Ele provavelmente também estava confuso e com os sentimentos divididos. Não havia solução fácil para aquela história, todos os caminhos indicavam que alguém sairia machucado. Ana ou eu, quem sofreria quando Guilherme tomasse uma decisão? Impossível prever. Eu só queria aproveitar o máximo daquela paixão enquanto pudesse.

Nos levantamos e Ana abraçou todo mundo. Guilherme se limitou a apertar nossas mãos, a minha de forma mais demorada. Conversamos por um tempo até eu olhar no relógio e perceber que era melhor irmos logo para a pizzaria. Eu precisava me atentar à hora. Parte minha ainda achava que não devia ter saído antes de morrer, mas avisei para Nicole e Lucas que precisava estar em casa umas 20h30.

— Eu já tô ficando com fome — comentei, aproveitando uma brecha entre os assuntos. — E é melhor a gente ir logo, pra não ficar sem mesa.

— Sim, tem dias que aquele lugar lota — disse Lucas.

— A gente também precisa comer algo — disse Guilherme.

— Aonde vocês vão? — perguntou Ana.

— Vamos pra Hermano — respondi. — Meu irmão trabalha lá e às vezes ele manda batata frita de graça pra gente.

— Não que a gente vá lá *sóóó* por causa disso — disse Lucas, rindo. — A pizza também é muito boa.

— Querem ir com a gente? — convidou Nicole.

Não fazia mesmo sentido nos separarmos uma vez que íamos fazer a mesma coisa.

— É uma boa ideia — disse Guilherme. — Quem recusaria batata frita grátis?

Ele e Ana se levantaram e deram as mãos.

— Pronto, agora vocês têm três velas — disse Lucas.

Forcei uma risada para acompanhar as do grupo. Quando começamos a andar, houve um momento em que o braço de Guilherme esbarrou no meu. Era estranha aquela energia criada por uma proximidade tão distante.

Na pizzaria, juntamos duas mesas para caber todo mundo. Enquanto organizávamos as cadeiras, percebi que Guilherme deu um jeito de sentar ao meu lado, mantendo Ana do outro. Eu geralmente ficava contente com aqueles pequenos gestos, mas nos momentos difíceis, nos dias em que eu queria mais, sentia estar recebendo migalhas.

Depois que o garçom terminou de anotar nosso pedido, César veio falar comigo. Ele trabalhava na cozinha, então não podia ficar saindo de lá toda hora, mas sempre que eu ia à pizzaria, ele dava um jeito de me cumprimentar.

— Não sabia que você tinha outros amigos — disse ele, limpando a mão suja de farinha no avental. — Pensei que só Lucas e Nicole te aturavam.

— Ha-ha! Muito engraçado — respondi. A ideia era forçar uma risada, mas acabei rindo de verdade com eles.

— E aí, Guilherme? — cumprimentou César.

Pelo menos uma vez por semana eles jogavam bola juntos. Um espaço que nunca frequentei, não por falta de insistência do meu irmão. Fiquei feliz quando ele parou de me convidar. Todas as vezes que recusei os convites, tive medo de que isso só reforçasse algo que eu não queria que César desconfiasse, mas aos poucos ele entendeu que eu apenas me interessava mais por livros e computação. Na minha cabeça, César era, de todos os meus familiares, quem tinha mais recursos para descobrir sobre minha sexualidade. Por sermos próximos, por ele ser só dois anos mais velho, por ele ter interesses que eu não tinha, por eu sempre fugir do assunto "garotas", por ele levar namoradas em casa e eu não. Porém, se naquele ponto ele já desconfiava, nunca havia comentado.

César conversou um pouco com Guilherme e foi simpático com todo mundo, mas não ficou muito tempo com a gente.

— Preciso voltar lá pra dentro — disse ele.

— Ei, não esquece as batatas — pedi, baixinho.

— Sai fora, sem comida de graça hoje — retrucou ele, indo embora.

Menos de quinze minutos depois, o garçom trouxe uma porção de batatas fritas com bacon e queijo cheddar. Aquilo seria ótimo para nos distrair até as pizzas chegarem. Precisava me lembrar de agradecer ao César depois. Todos nós começamos a esticar a mão para pegar batatas. Nicole contava uma história da cidade onde nascera e Ana ouvia com bastante atenção. Tentei abrir o sachê de ketchup, mas fracassei. Era um daqueles difíceis de rasgar, mas não queria desistir dele.

— Deixa que eu abro — pediu Guilherme.

Ele pegou o sachê da minha mão com um movimento lento, abriu-o usando os dentes e me devolveu.

— Obrigado — disse.

As pizzas chegaram e estavam ótimas como sempre, mas não foi só isso que tornou a noite agradável. Sempre éramos Nicole, Lucas e eu, então ter Guilherme e Ana por perto deixou as coisas mais divertidas. Tão divertidas a ponto de...

Olhei para meu pulso alguns minutos depois de terminarmos de comer, sem lembrar a última vez que fizera isso.

20h47.

Merda!

Tenho certeza de que vi quando era por volta das 20 horas. Havia tempo para comer devagar e ficar conversando depois. *Havia* tempo. Por que fui me distrair? Eu não podia acreditar que cometera aquele erro.

— Gente, eu preciso ir — disse, já ficando de pé.

— Uai, mas já? — perguntou Ana.

— Sim — respondi pegando dez reais na carteira e deixando na mesa —, eu prometi pra minha mãe.

— Espera, a gente fecha a conta e vai com você — sugeriu Nicole. — Vamos ver quanto ficou pra cada um.

Ela só entendeu quando Lucas olhou para o relógio na parede e depois para mim.

— Se preocupa não, Hugo — disse ele. — Vai logo, antes que sua mãe fique brava.

Apesar de não ter dito nada, Guilherme era o que parecia mais confuso.

— Tchau, gente.

20h48.

Aquele era um péssimo momento para estar sem bicicleta. Pensei em correr, eu *deveria* correr, mas aquela rua era muito movimentada, então só apressei o passo. Um jovem negro correndo à noite... eu não queria parecer suspeito como se fugisse de algo ou com algo. Mas, quando cheguei em uma rua quase vazia, tive de correr. 20h51. Seria impossível chegar em casa em menos de dez minutos. Eu precisava tentar, mas minha mente já procurava uma alternativa.

Se eu tivesse saído da pizzaria no horário que planejei, chegaria em casa com tempo suficiente para entrar no banheiro, ou ir para meu quarto, caso a primeira opção estivesse ocupada.

Correr como nunca corri, mesmo sabendo que estava muito longe, foi a única coisa que pude fazer.

No fim, era estranho estar correndo. É impossível escapar de algo que está dentro de você. 20h52. Mas era menos desejo de fuga e mais vontade de chegar à minha zona de conforto. Em casa, eu tinha como me trancar, segurar meus gritos e me livrar do sangue. Uma posição de controle que me fazia pensar na maldição como algo possível de lidar. 20h53. E esse era um pensamento perigoso. Eu precisava parar de negociar com a morte. Aquele descuido era prova disso.

Continuei meu caminho evitando as avenidas principais e indo pelas ruas de dentro das quadras.

20h56.

Eu não queria morrer na rua, sem ter certeza do que aconteceria com o meu corpo. Alguém poderia (20h57) me encontrar. Uma coisa era ter meu irmão batendo na porta do banheiro, outra coisa era ficar desacordado e sangrando na rua durante 23 minutos.

Não daria tempo. 20h58.

Eu morria todos os dias há um mês e meio, mas tanta coisa acontecera que parecia mais um ano inteiro. Sr. Tempo, por que você não se decide? Por que avançar tão devagar quando deveria ser breve? Por que voar quando deveria ser mais lento? Disposto a me congelar em momentos ruins e de dor. Obstinado a me arrancar dos momentos de alegria e tranquilidade.

20h59.

Eu podia chamar aquilo de sorte ou agradecer por Pedra Redonda ter muitos terrenos baldios. Algumas quadras eram repletas deles, principalmente as mais afastadas do centro. Mas mesmo ali, numa região intermediária, havia alguns. Mais cinco minutos correndo daquele jeito e eu teria chegado em casa. Porém eu não tinha esse tempo todo. Por isso, meu último minuto correndo foi em direção a um lote vazio que avistei.

Com o canto do olho, vi que tinha acabado de passar pela sombra, que mais uma vez me assistia.

21 horas.

A dor me fez cair de joelhos no chão, de frente para o terreno. Ele tinha uma cerca de arame farpado que atravessei de qualquer jeito, me cortando e adicionando novas dores ao meu corpo. Me arrastei no chão, sentindo o cheiro de terra, torcendo para não estar deixando um rastro de sangue e aproveitando que havia muito capim ali para me esconder. Fiquei deitado, escondido, no chão, com frio. Sozinho. Esperando o relógio parar para mim.

CAPÍTULO 32

Foi a vez em que mais tive dificuldade para levantar.

Por um momento, estranhei quando não me vi no banheiro. Minha boca tinha gosto de terra. Estava de bruços, então fiz força com os braços para ficar de pé. Mas isso exigiu muito de mim e não consegui deixar o chão. Eu me sentia cada vez mais cansado. Por mais que minha mente quisesse ignorar aquele momento de fraqueza e o meu corpo dolorido, eu ainda era feito de carne e osso. Estava chegando ao meu limite.

Não sei se fiquei deitado por alguns minutos ou se continuei me esforçando até me levantar, mas eventualmente consegui sair do terreno baldio. Caminhei a passos lentos, tanto pelo esgotamento físico quanto pelo emocional. Na minha mente, eu revivia a dor, como se fosse 21 horas de novo. Estava tão absorto nesses pensamentos que nem prestei atenção quando um casal passou por mim e perguntou se estava tudo bem. Eu só continuei andando, sem nem sequer me importar com minha aparência.

Eu já estava morto.

E, mesmo assim, não podia morrer.

Concluí o trajeto até minha casa de forma tão automática que não percebi quando passei pelo portão e entrei na sala. O que me tirou do transe foi a voz assustada de minha mãe.

— Meu filho, o que aconteceu? — Ela tremia.

Senti suas mãos nos meus ombros enquanto ela me conduzia até o sofá. Não importava a quantidade de terra e sangue na minha roupa ou o rastro de sujeira que meus sapatos deixavam no chão da sala. Minha mãe procurou os ferimentos, mas só encontrou vestígios de sangue.

— Hugo, o que aconteceu? — repetiu ela. — Você está bem?

Ela queria uma explicação, eu só queria um abraço. Devia contar tudo para ela? No estado em que estava, sei que não lidaria bem com a verdade. Me ver destruído também a destruía. Eu sei que ela daria a vida por mim se necessário, sempre fez questão de demonstrar isso.

Nunca foi tão difícil encontrar palavras, até para mentir. Estava tudo entalado na minha garganta.

Eu abri a boca como se fosse falar, porém só vieram lágrimas. Chorei como nunca chorara em toda a minha vida, inclusive naquele período desde o dia meu aniversário. Minha mãe não fez mais perguntas, apenas me abraçou e me manteve próximo ao seu coração, que batia forte. Minhas lágrimas aumentaram, como se uma represa de tristeza e aflição tivesse se rompido dentro de mim, transbordando sentimentos que eu não aguentava mais guardar.

Tinha chegado ao limite.

CAPÍTULO 33

Depois daquela noite, minha mãe passou a prestar mais atenção em mim.

A calmaria da manhã seguinte permitiu que conversássemos. Eu disse que uns caras tentaram me assaltar e acabaram me batendo. Mesmo sem hematomas, ela não questionou. Talvez tenha desconfiado de que aquela não era toda a verdade, e tive certeza de que ela retomaria o assunto quando eu estivesse melhor. Meu pai estava em uma daquelas viagens mais longas de trabalho nas quais ele passava a semana quase toda fora, mas sabia que minha mãe contaria a ele assim que se vissem. Ela falou para César, e ele veio conversar comigo, um pouco menos sensível e querendo saber quem eram os caras que tinham feito aquilo. Era o jeito dele de demonstrar que se importava comigo. Vê-los cuidando de mim fazia com que eu percebesse o quão bom era não me sentir sozinho.

Minha mãe disse que eu deveria faltar a escola. O que eu já ia fazer de qualquer forma, pois não estava me sentindo disposto, meu estômago revirava como se tivesse algo vivo dentro dele. Não sabia se isso estava acontecendo por causa de algo que comi ou se era mais um efeito colateral das mortes. Também era uma sexta-feira de um ano letivo perto de terminar. Alguns professores já haviam encerrado as atividades. Então fiquei a manhã inteira deitado no sofá da sala, assistindo à televisão, trocando de canal e deixando nos desenhos animados de que eu mais gostava.

— Amanhã eu preciso ir pra casa da sua prima — disse minha mãe na hora do almoço. Estávamos os três na mesa, comendo uma macarronada incrível. Ela nunca fazia macarronada no meio da semana. — Mas, se quiser, posso cancelar e ficar aqui com você.

Minha prima tinha ganhado bebê e minha mãe prometera que a ajudaria nos primeiros dias, depois que saísse do hospital. Ela morava em Ceilândia e minha mãe era a pessoa mais próxima geograficamente e mais indicada para cuidar dela. Eu sabia o quanto aquilo era importante, ainda mais considerando que minha tia falecera havia uns três anos.

— Não, ela precisa da senhora. Vou ficar bem. César cuida de mim.

— É mais fácil você cuidar dele — disse minha mãe, sorrindo.

— Ei, não mereço nem um voto de confiança? — retrucou César com a boca cheia.

E então os olhos de minha mãe se encheram d'água, em um repentino momento emotivo, motivado pela preocupação que estava sentindo comigo.

— Vocês cresceram tanto — disse ela, olhando para mim. — Tenho muito orgulho de vocês.

— Todo o crédito é seu e do pai — respondi.

Depois do almoço, entrei no MSN e respondi às mensagens preocupadas de Lucas e Nicole, ambos estranhando o fato de eu não ter ido à escola. Alternando entre as conversas, contei tudo o que tinha acontecido desde que saí correndo da pizzaria e fiquei lamentando o fato de ter perdido completamente o horário. Mas não adiantava ficar chateado, isso não resolveria nada. Em vez disso, reforcei que precisava da ajuda deles para tentar descobrir o significado da sombra fantasmagórica e uma forma de me livrar da maldição. E o quanto antes melhor.

Oguh diz:
A gnt pode ir na biblioteca amanhã?
Quero começar a pesquisa sobre fantasmas

Nicole_89 diz:
Claro!! Pode contar comigo

Oguh diz:
Vou chamar o Lucas também

Nicole_89 diz:
Tá bom

Antes de voltar para a conversa com Lucas e fazer o convite, uma nova mensagem apareceu na tela. Era Guilherme. Como não tinha computador em casa, ele não costumava entrar no MSN, então deveria estar em alguma lan house ou na casa da irmã.

Guisoul diz:
Oi, vc tá bem?
Foi embora do nada ontem

Oguh diz:
Tô sim
Desculpa ter saído daquele jeito
Eu realmente precisava voltar pra casa

Guisoul diz:
Pensei que podia ter sido por algo que eu fiz
Ou por causa da Ana

Aquele era o tipo de mensagem que eu não queria demorar para responder, mas o impulso de vomitar foi mais forte. Levantei da cadeira, quase fazendo-a cair para trás, e fui correndo para o banheiro. Abri a tampa do vaso sanitário e coloquei tudo para fora. Vomitei meu almoço e um líquido vermelho e pastoso logo em seguida. Toda aquela mistura de comida e sangue me deixou mais enjoado, fazendo com que fosse difícil parar de vomitar.

Quando acabou, fechei a tampa do vaso e fiquei sentado no chão por um momento, sem forças. Dei descarga sem abrir a tampa, não queria ver de novo o que estava ali. Levantei para lavar o rosto, limpando o sangue que ficara no canto da minha boca. O que estava acontecendo com meu corpo?

De volta ao quarto, vi que Guilherme tinha usado a função de chamar a atenção. Digitei a resposta.

Oguh diz:
Não! não foi nada disso
É sério, tá tudo bem

Isso podia ser até verdade na maior parte do tempo, quando se tratava dele e de Ana. Mas, independentemente da insegurança, do ciúme e do desejo por maior reciprocidade que eu vinha sentindo, havia questões mais urgentes com as quais eu precisava lidar. Questões que só diziam respeito a mim. Aquela dor repentina no estômago não era normal, meu corpo queria me dizer algo. Era um alerta de que as coisas não estavam bem e eu não sabia por quanto tempo conseguiria continuar agindo como se estivessem.

CAPÍTULO 34

No sábado, acordei me sentindo melhor. Ainda estava um pouco indisposto, mas pelo menos não senti mais vontade de vomitar. Minha mãe saiu depois de tomar café da manhã comigo e César, a previsão era que ela ficasse uma semana na casa minha prima. Marquei de encontrar Nicole e Lucas na biblioteca às 9 horas. Antes de eu sair, César me disse:

— Leva sua chave. Vou almoçar na casa da Josi e de lá vou pro trabalho.

Ele não estava com uma cara muito boa e fiquei imaginando se o namoro ia bem, mas acabei não perguntando nada porque estava atrasado e queria sair logo.

Em minha bicicleta, cortei o vento da manhã. O sol brilhava fraco, prometendo um dia agradável. Cheguei ao centro da cidade, que aos sábados fervilhava — todo mundo parecia escolher esse dia da semana para resolver pendências da semana ou comprar algo. Meus amigos me esperavam dentro da biblioteca, sentados a uma mesa.

Eles já haviam reunido uma boa quantidade de material para nossa pesquisa. Mergulhamos em livros ficcionais de terror, outros sobre lendas urbanas e até alguns sobre religião. Pelo resto da manhã, buscamos por informações relacionadas a fantasmas. Queríamos literalmente qualquer coisa que pudesse ajudar, mas as poucas informações que encontramos eram vagas demais e nenhuma descrevia um fantasma como o que eu estava vendo, feito de sombra.

Joguei o corpo para trás na cadeira e, olhando os livros amontoados na mesa, alguns a ponto de cair, comentei:

— Não é possível que ninguém saiba como se livrar de um fantasma.

— Talvez a gente precise de uma biblioteca maior — comentou Nicole.

— Mas qual? — perguntou Lucas. — A gente só tem essa aqui na cidade.

— Claro que não estou falando de Pedra Redonda. Pensei na biblioteca da UnB.

A universidade onde queríamos estudar ainda era um lugar distante na minha mente: geograficamente, mas também em termos de possibilidade. Eu nunca teria tido aquela ideia sozinho, porque nem sequer imaginava que podíamos entrar lá sem sermos alunos.

— Com certeza teríamos acesso a muito mais livros — falei. — Vocês sabem chegar lá?

Lucas balançou a cabeça negativamente, Nicole respondeu:

— Fui uma vez, mas era um passeio da outra escola. Acho que não é difícil, a gente se vira. É só pegar um ônibus pra rodoviária do Plano e lá a gente pergunta.

— Então tá decidido! — declarei. — Vamos que dia?

— Segunda — sugeriu Nicole. — Não vejo motivo pra ficar enrolando.

Depois de alguns minutos de silêncio em que ficou evidente nossa preguiça de guardar todos aqueles livros, verifiquei se ninguém estava por perto e falei:

— Se vocês quiserem ir lá em casa ver a arma, hoje é um bom dia.

Eles aceitaram e nos levantamos para colocar os livros nas estantes — alguns com o auxílio da bibliotecária, pois não lembrávamos exatamente de onde tínhamos tirado. Saí da biblioteca me sentindo faminto e um pouco derrotado. Estava cada vez mais difícil e exaustivo suportar os impactos da maldição no meu corpo, então era frustrante ir embora sem nenhuma informação. Ao mesmo tempo, eu tentava me sentir esperançoso em relação à segunda-feira. Uma biblioteca com mais livros significava mais chances. Em algum lugar, deveria existir algo ou alguém capaz de me ajudar.

Chegando em casa, fomos direto para meu quarto. Peguei a caixa de sapato que guardava embaixo da cama, coberta de revistas em quadrinhos, e retirei a arma enrolada em uma fronha. Abri o pano ali mesmo na minha cama, onde Lucas e Nicole estavam sentados. Entre os dois e ajoelhado no chão, decidi fazer uma demonstração de como a arma era um objeto de comportamento estranho. Ali, parada e sem uso, poderia ser confundida com um revólver comum.

Tirei duas balas do tambor, para que eles vissem como elas desapareciam e retornavam para o lugar ao qual pertenciam. Só então reparei que, quando se desintegravam, elas pareciam feitas de fumaça escura, como o fantasma.

— Caramba, que sinistro! — disse Lucas.

— Fiquem à vontade — autorizei, me afastando da arma e indo me sentar na cadeira do computador.

Eles demoraram um pouco para tocar nela. Nicole foi a primeira. Ela girou o objeto nas mãos, mas logo parou e olhou o cabo com mais cuidado.

— Eu já vi isso em algum lugar.

— O quê? — perguntei.

Ela me mostrou as letras "MA" gravadas no cabo. Elas eram tão pequenas que eu tinha até me esquecido de que estavam ali, sem mencionar que eu não a olhava com frequência. Ela era só um esqueleto que eu precisava esconder.

— Droga! Não consigo lembrar onde foi — reclamou Nicole, pensando em voz alta.

— Tenta lembrar — pediu Lucas. — Talvez seja uma espécie de assinatura de quem fez a arma.

Peguei a arma e passei o polegar sobre a marcação. Aquilo poderia nos levar a algum lugar, mais do que a reportagem, mais do que os livros. Pela primeira vez eu podia estar perto de respostas concretas.

Me assustei quando ouvi batidas fortes vindas do portão. Olhei para meus amigos e pedi que guardassem a arma enquanto eu ia olhar quem era. Pensei em esperar para ver se desistiam, mas a pessoa voltou a bater no portão, dessa vez em conjunto com um grito de "ô de casa". Reconheci a voz. Abri o portão e vi Josiane, a namorada do meu irmão.

— Oi, Hugo — disse ela. — O César tá aí? Preciso falar com ele.

— Ué, ele saiu dizendo que ia almoçar na sua casa — respondi, mas logo em seguida percebi que deveria ter inventado algo ou dito que não sabia. Tanto pela cara que Josiane fez quanto por saber que, se ela estava ali procurando por César, era sinal de que não estava com ela.

— Estranho — murmurou Josiane. — Não combinei nada com ele. Mas, enfim, talvez ele tenha passado em outro lugar e esteja indo pra lá.

— É, deve ser isso.

CAPÍTULO 35

Lucas e Nicole acabaram almoçando na minha casa, mas foram embora logo em seguida. Passamos todo o tempo discutindo teorias e descrevi mais detalhes sobre as mortes e os impactos que vinha observando em meu corpo. Nicole tentaria lembrar onde viu a marcação da arma, então não havia mais o que fazer naquele momento. No meio da tarde, vi que Guilherme estava on-line outra vez e tomei coragem para chamá-lo até minha casa. Me arrependi quando ele respondeu que estava com Ana, mas que daria um jeito de me ver. Falhei na tentativa de não criar expectativas, sabendo que me sentiria mal caso ele não aparecesse. Porém, duas horas depois, ouvi a voz dele me chamando na frente de casa.

Acabamos ficando na sala, então aproveitei para deixar a TV ligada na MTV. Nós nos recostamos no sofá, sentados lado a lado, de um jeito confortável. Saber que ninguém da minha família apareceria me deixava tranquilo.

Com Guilherme, eu me sentia importante, querido e vivo. Talvez não construíssemos um futuro como casal. Mas aqueles momentos eram passos para compreendermos melhor quem éramos, para trazer mais certezas sobre nossa identidade. Seria tão diferente se não nos víssemos primeiro pelo olhar dos outros, se não nos prendêssemos ao medo do julgamento. Não entendia como algumas pessoas queriam condenar um sentimento tão bonito.

O mundo não ensina homens negros a amar, mas aprendi um pouco com ele.

Percebi que poderia refazer aquela lista das coisas que gostava sobre *Gui*. Quanto mais nos encontrávamos, mais eu queria estar com ele. Era cruel precisar sempre ter tanto cuidado. Mas eu admirava nossa disposição para conversar, inclusive sobre as partes mais difíceis. O assunto menos discutido era Ana Eu jamais falaria do ciúme que sentia e de como era difícil controlá-lo em alguns momentos. Mais fácil continuar fingindo que não me importava de vê-los juntos, porque eu sabia que ele não a deixaria por minha causa. O essencial para mim era continuar vivendo aquilo com ele, de alguma forma. De *qualquer* forma?

— Eu gosto muito de você — disse ele depois de um beijo. — Pena que não sou corajoso o bastante pra fazer isso de outra forma, sem ser escondido.

— Eu entendo, não sei se iria querer de outro jeito — respondi. — Também tenho medo do que os outros diriam. — Cada vez mais abandonando a ideia de que algo estava errado comigo, ou de que eu precisava mudar, porém ainda longe de não me importar com o mundo. — Só me preocupo com Ana — continuei, temendo ser mal interpretado. Não queria que soasse como ciúme ou falsa preocupação. — Não é legal ser traído, não importa a situação.

Guilherme engoliu em seco. Talvez eu tenha pegado pesado ou estava me apoiando demais na visão confortável de que os sentimentos dela não eram responsabilidade minha, apenas dele, não importava meu envolvimento.

— Eu sei, penso nisso sempre. Eu acho que no fundo ela já sabe sobre mim.

— Por quê?

— Porque eu nunca consegui transar com ela, em nenhuma das vezes que aconteceu de ficarmos sozinhos. Nosso relacionamento todo tem sido uma tentativa minha de mudar o que sou. Tô cansado disso.

Foi minha vez de engolir em seco.

— Houve uma época em que também pensei que namorar uma garota resolveria — contei. — Mas acabei não namorando ninguém. Na verdade, você é a única pessoa que beijei.

Ele não respondeu de imediato. Mas depois acrescentou:

— E você é o único *cara* que beijei.

Tendo em vista a forma como nos afastamos antes, nunca imaginei que seríamos mais que amigos. Mas um passado interrompido se concretizava no presente.

— A gente nem devia considerar aquele nosso primeiro beijo — falei, sorrindo. — Foi tão desastroso que acabou com nossa amizade.

— Ah, deixa disso. O primeiro é sempre marcante.

— Os de agora são mais.

Guilherme olhou para mim como se eu fosse a pessoa mais bonita do mundo. Sustentei o olhar, percebendo que ele queria me dizer algo. E disse, com um beijo tão demorado que me senti preso em outro feitiço do tempo — um que eu não me importaria de repetir todos os dias.

O beijo foi se tornando o mais longo até então. E a demora nos levou a explorar o corpo um do outro com intensidade. Lentamente, seguimos para a etapa a qual pensei não estarmos prontos. Mas, se não havia preparo, havia desejo, paixão e intuição. Rimos juntos de alguns momentos de confusão, e percebi que fomos ficando mais confortáveis conforme aprendíamos a nos conhecer melhor. Ele me conduziu por entre as ondas daquele oceano de eletricidade que se tornou o espaço, decidido a ser o primeiro mais uma vez. Conjurar sensações tão boas certamente era uma forma de fazer magia.

CAPÍTULO 36

Guilherme foi embora por volta das 20 horas, então tive tempo de organizar a casa, principalmente meu quarto. Arrumei a cama, trocando o lençol sujo por um limpo. Com tudo organizado, César jamais desconfiaria do que acontecera ali quando chegasse do trabalho. Mas eu não estava preocupado com ele por enquanto. Quando terminei, já era quase 21 horas, e toda a doçura e leveza do início de noite que tive com Guilherme foi dando espaço à agonia.

Pelo menos eu estava sozinho em casa.

Mas não totalmente. Mesmo quando a sombra não aparecia, eu sentia a presença dela por perto. Sabia que estava sendo observado. Era comum que em alguns momentos eu ficasse com medo de olhar para os lados, porque já acontecera de eu encontrar a sombra em algum canto ou no fim do corredor. Em alguns dias, ela aparecia várias vezes. Em outros, era como se tivesse desistido de me assombrar. Mas ela sempre retornava, principalmente quando eu estava morrendo.

21h00.
21h02.
21h25.

* * *

Mesmo me sentindo um pouco cansado, fiquei na sala vendo televisão. Fazia tempo que eu não tinha um momento despreocupado como aquele. E, com meu pai trabalhando e minha mãe na casa da minha prima, ninguém reclamaria se eu ficasse a madrugada toda acordado.

Quando olhei no relógio e vi que eram 00h52, estranhei. César já devia ter chegado em casa. Ele teria me avisado caso fosse sair com os amigos depois do trabalho ou dormir na casa da Josi. À 1h04, minha suspeita de que algo estava errado se confirmou. Comecei a ouvir uma confusão em algum ponto mais afastado da rua. Não seria a primeira vez que acontecia briga na casa de algum vizinho, e eu geralmente não saía para olhar, mas fui ver o que estava acontecendo.

Mais ou menos cinco casas depois da minha, um grupo de três homens estava em volta de uma quarta pessoa, que, mesmo com a pouca iluminação da rua, percebi ser César. Cheguei na frente do nosso portão exatamente no momento em que eles pararam de discutir e os três partiram para cima de meu irmão. César tentou se defender, mas não conseguiu escapar dos socos que começaram a desferir contra ele no rosto e na barriga. Corri para ajudá-lo, mesmo sabendo que não tinha a menor chance contra aqueles caras. Havia um carro parado com as portas abertas bem perto deles. Antes que eu chegasse lá, César já estava no chão, e fiquei com medo de que tivesse desmaiado.

Gritei pedindo que o deixassem em paz, mas obviamente não surtiu efeito algum. Quando me aproximei, um dos caras me deu um soco tão forte no rosto que caí para trás. Acho que ele quebrou meu nariz, porque foi a parte que mais doeu. Fiquei tonto e desorientado, sem entender porque eu também estava no chão. Me ver caído e tentando defendê-lo deve ter dado a César algum tipo de motivação, porque ele voltou a ficar de pé e conseguiu atacar um dos caras, que estava distraído.

Mas o pior aconteceu em seguida.

O que tinha me dado o soco, vendo que eu não era ameaça, tirou uma faca não sei de onde e virou as costas para mim. César já havia sido dominado de novo.

— Isso é pra você ficar esperto e não sacanear a irmã dos outros — disse o cara com a faca.

César ainda tentou se defender, mas não tinha mais forças. A faca entrou em seu abdômen e voltou pingando sangue no asfalto. Depois disso, os três caras entraram no carro e foram embora cantando pneu.

Fiquei de pé, sem sentir mais a dor no nariz, e fui até César. Com dificuldade, o ajudei a se levantar. Ele gritou de dor quando o fiz andar, mal suportando o próprio peso. Nossa casa nunca pareceu tão longe. Ele reclamava da dor, e eu só queria poder colocá-lo em um lugar seguro antes de buscar ajuda. Não sei se algum vizinho estava olhando ou tinha chamado a polícia, mas ninguém foi nos ajudar.

Quando finalmente chegamos em casa, coloquei César deitado no sofá. Ele chorava e mantinha a mão sobre a barriga. Levantei a camiseta dele e vi o sangue brotando de um corte grande e aparentemente profundo. Não reparei no tamanho da faca, mas o ferimento que ela deixou era grave. Senti que perdi tempo levando César para casa, seria melhor ter procurado socorro lá mesmo da rua, mas não consegui pensar nisso na hora do desespero. Lembrei que o carro estava na oficina, mas, de qualquer forma, César não conseguiria dirigir naquele estado.

— Irmão, eu vou chamar alguém que...

Ele fechou os olhos.

— César! — chamei, sacudindo o rosto dele.

Ele resmungou algo incompreensível. Não podia deixá-lo sozinho.

Não daria tempo. Eu já morrera vezes demais e sabia quando a morte estava chegando.

Quando percebi, eu estava correndo em direção ao meu quarto, o corpo respondendo rápido ao pensamento. Arranhei o joelho quando me joguei no chão para pegar a caixa embaixo da cama. A arma estava lá, gelada, sempre de prontidão. Só esperava que ela não travasse dessa vez. Aquilo precisava funcionar.

De volta na sala, não perdi tempo explicando. Eu esperava poder conversar com César dali 23 minutos. Apontei a arma para seu rosto, o cano bem próximo da testa — assim eu não erraria o tiro. Eu podia sentir a sombra nas minhas costas, esperando e assistindo a tudo de perto. Ignorando a expressão de espanto no rosto de César, segurei a arma com as duas mãos, fechei os olhos e atirei.

1h14.

PARTE 3
TRANSFERÊNCIA

CAPÍTULO 37

Nunca vou esquecer a imagem do meu irmão morto.

Durante 23 minutos fiquei olhando o corpo dele no sofá. Esperei, sem ter certeza de que funcionaria, torcendo para que desse certo. Eu não conseguia suportar a ideia de perdê-lo. A camiseta dele e o cós da calça jeans estavam manchados com o sangue que também escorreu pelo sofá. A ferida em sua testa parou de sangrar e foi se fechando em câmera lenta. Ao mesmo tempo, todo o restante foi se regenerando: o corte na barriga, os ferimentos dos socos.

César se mexeu.

1h37.

Ele abriu os olhos e tentou levantar.

— Ei, calma — falei, segurando-o pelos ombros para mantê-lo deitado.

— Ai, minha cabeça. O que aconteceu? — perguntou, mas logo em seguida lembrou.

César se sentou com um movimento rápido, puxou a camiseta do trabalho rasgada, tocou o sangue e procurou o ferimento. Depois esfregou a testa com a ponta dos dedos. Ele me olhou com uma expressão em que havia não só confusão, mas também acusação. Então, mudou a pergunta:

— O que você fez?

Sentei no outro sofá, sentindo meu corpo se entregar ao cansaço. Eu podia respirar aliviado, mas ainda teríamos de conversar.

— Eu te matei com aquela arma. — Ela estava na estante, ao lado da televisão. — Não sei como explicar, mas ela é mágica. Quem morre por ela fica preso em uma espécie de feitiço e não consegue mais morrer de outras formas. Sei disso porque está... estava acontecendo comigo. Passei pra você porque imaginei que te salvaria da facada. E deu certo.

Percebi o quão ridículo era falar aquilo em voz alta, mesmo já tendo contado para Nicole e Lucas. Nossa ida à biblioteca parecia ter acontecido séculos atrás e não na manhã anterior.

César ficou calado, então continuei:

— O problema é que, depois da primeira morte, você morre todos os dias, do mesmo jeito e no mesmo horário. Por isso, agora você precisa atirar em mim, antes que aconteça contigo de novo.

— Ei, ei, ei... Espera. Você tá dizendo que eu morri? Ou melhor, que você me matou para que eu não morresse de outra forma e fosse trazido de volta?

Ele soltou uma risada que poderia até passar por descrença, mas era de nervoso.

— Estou dizendo a verdade. Tem outra explicação pra facada ter desaparecido e você estar bem agora?

— Mas não é possível que...

— Como não, se aconteceu? Você sabe, você lembra.

— Eu acho que preciso dormir — disse César, se levantando.

Também fiquei de pé.

— Tudo bem, mas antes, você precisa atirar em mim pra me devolver o feitiço.

Meu objetivo era só curar, não queria deixar aquilo com o meu irmão.

— Você disse que vai acontecer de novo, certo? Quando?

— Amanhã à 1h14, talvez um pouco antes. Mas eu...

— Então amanhã a gente conversa — disse César, encerrando a conversa.

Ele saiu e me deixou sozinho na sala. Eu estava sem sono, então resolvi limpar logo o sofá, antes que ficasse manchado. Quando terminei, fui deitar e ainda demorei alguns minutos até conseguir dormir.

Na manhã seguinte, dei uma boa olhada no sofá para verificar se realmente tinha feito uma boa limpeza. Por sorte, minha mãe usava uma daquelas capas protetoras, então boa parte do sangue não passou para o tecido do sofá.

César estava na cozinha, tomando uma xícara de café. Tinha uma expressão séria. Não dei bom-dia, somente sentei na cadeira à frente dele.

— Eu quase não consegui dormir — disse ele. — Pensando no que aconteceu.

— Você ainda duvida? — perguntei.

— Não... Não sei. Como isso começou mesmo?

Com mais calma, contei toda a história para ele. Quando terminei, ele disse:

— Desde seu aniversário? Mas isso tem quase dois meses. Você contou pra alguém?

— Lucas acabou descobrindo, e depois contei pra Nicole. Eles tão me ajudando a acabar com isso.

— E como você tá escondendo... essas mortes?

— No começo eu não sabia o que fazer — respondi —, mas depois comecei a morrer no banheiro. Lá é mais fácil de limpar o sangue.

— Meu Deus, Hugo. Isso é horrível — murmurou ele. — Eu sou um péssimo irmão mesmo. Como não percebi nada? — Eu queria falar que ele não costumava estar em casa no horário e que, de qualquer forma, não fazia sentido algum se culpar por aquilo, mas César foi logo dizendo: — Não é mais fácil só passar pra outra pessoa? Você passou pra mim, eu posso...

Senti uma pontada de raiva por ele considerar aquilo tão rápido. Mais uma vez, me senti estúpido por querer ser o último a carregar aquele fardo.

— Não, nem pensar! — interrompi. — Alguém precisa colocar um fim nessa história. Nem sei quando isso começou, mas certamente teve um início. E, se teve um início, também terá um fim.

— E se você não descobrir?

Aquela parecia ser a pergunta que todos mais gostavam de me fazer, como se eu não pensasse nela sempre, como se eu não quisesse simplesmente parar de morrer, como se eu não quisesse me preocupar só com o vestibular ou com o fato de não poder segurar a mão de Guilherme em público.

— Eu vou! Eu sei que vou... — falei, tentando acreditar. — Por isso você precisa me devolver.

Eu insistiria naquilo, queria que César me devolvesse antes de sua próxima morte.

— Não, Hugo. Você não merece viver assim. Você é inteligente, vai conseguir entrar pra faculdade. Tem todo um futuro brilhante pela frente. Não vou deixar isso ser destruído. Se você não quiser que eu passe para outra pessoa, eu entendo, mas vai ficar comigo.

— César, por favor, não faz isso — supliquei, quase chorando. — Sua vida não vale menos do que a minha.

— Eu provavelmente nunca vou sair de Pedra Redonda mesmo. Nossos pais também não tiveram ensino superior, todo mundo sabe que é você quem vai deixar o nome da nossa família conhecido.

Mesmo que fosse se depreciando, aquela era a maneira dele de dizer que tinha orgulho de mim, que acreditava no meu futuro. Mas eu não aceitaria, por mais que fosse tentador aceitar a oferta de alguém para assumir o meu lugar naquele calvário.

— Isso não tem nada a ver. Falando assim parece até que sua vida acabou, mas você é só dois anos mais velho do que eu. Olha, se você não estivesse morrendo na minha frente, eu não teria atirado em você, e você provavelmente nem ficaria sabendo da arma. Aliás, quem eram aqueles caras?

— Você não precisa se envolver mais ainda nisso — disse César.

— Mas você pode querer cuidar de um problema meu?

— Merda! Você vai ficar me enchendo o saco, né?

— Eu te contei meu segredo. Agora é sua vez.

César ficou em silêncio, me encarando com uma expressão irritada. Depois de alguns segundos, suspirou e falou, resignado:

— Ontem não fui pra casa da Josi, eu tava com outra mulher. E ela acabou descobrindo. — César abaixou a cabeça, envergonhado. — A briga foi feia, mas a gente terminou e pensei que tudo estava resolvido. Só que o irmão dela tomou as dores e veio atrás de mim. O resto você já sabe.

— Ela apareceu aqui ontem perguntando por você. Acabei dizendo que você tinha ido pra casa dela. Desculpa.

— Não, você não tem culpa de nada. Nem tinha como adivinhar. Eu que tô errado nessa história.

— Isso não pode ficar assim, você precisa denunciar esse cara pra polícia.

— Como? Nem ferimento eu tenho pra provar algo. Não, vou só conversar com a Josi, sei que ela não teve nada a ver com aquilo. Ela jamais pediria pro irmão fazer uma coisa dessas. Ele é uma pessoa complicada.

César ficou em silêncio e algo em seu olhar me fez supor que ele já tinha um candidato a quem passar a morte adiante. Eu precisava garantir que aquilo não acontecesse.

— Você não vai usar a arma pra dar o troco nesse rapaz. Sei que você tá com raiva, eu também tô, mas eu decidi não passar esse sofrimento adiante.

César não comentou o que eu disse e conduziu a conversa para outro rumo quando voltou a falar:

— Tô preocupado que algum vizinho tenha visto a confusão de ontem. Você me ajuda a desmentir, se alguma coisa chegar aos ouvidos dos nossos pais? Não quero que saibam que fui espancado.

Eu poderia ameaçá-lo, dizer que só faria isso se ele me devolvesse a morte o quanto antes, mas não era assim que estabeleceria confiança.

— Pode contar comigo. Pelo menos meu silêncio você tem, o da dona Raimunda, já não sei.

César riu.

— Aquela velha fofoqueira com certeza devia estar espiando pelo portão.

Eu não conseguia rir.

— César, é sério. Confia em mim. Eu vou acabar com essa maldição, não importa o que eu precise fazer.

Ele esvaziou a xícara e a colocou na mesa.

— Tá bom. Mas vou ficar de olho em você. Se eu perceber que está demorando demais, vamos resolver de outro jeito, seja passando pra mim ou pra uma pessoa qualquer.

Não era exatamente o que eu queria, mas era o melhor acordo que conseguiria naquele momento.

— Ok, combinado.

— Mas eu não vou te devolver hoje, só amanhã.

— Por quê?! — questionei exasperado.

— Calma, só quero testar uma vez. Parte minha ainda não acredita nessa coisa toda.

CAPÍTULO 38

Ficar uma noite sem morrer acabou me fazendo bem. Na segunda-feira, acordei disposto, sem sentir meu corpo dolorido como vinha acontecendo nas últimas semanas. Era como se os efeitos colaterais houvessem passado, um alívio momentâneo pelo qual não podia me deixar seduzir. Antes de ir dormir, César garantiu de novo que me devolveria a maldição. Ele não quis companhia para passar por sua segunda morte, então só o vi pela manhã.

Meu pai chegou bem cedo, o caminhão fazendo barulho ao estacionar na frente de casa às 6 horas. Eu já estava de pé, me preparando para encontrar Nicole e Lucas, quando ele entrou pela sala. Dei um abraço bem apertado nele e pedi a benção. Sempre ficava com saudade do meu velho quando ele fazia essas viagens mais longas, mesmo já estando acostumado com aquela rotina. Ele era caminhoneiro havia uns quinze anos, e eu não tinha lembrança dele trabalhando com outra coisa.

— Como vocês passaram o fim de semana? — perguntou meu pai. — Tudo tranquilo?

Nada de interessante, pai, apenas seu filho mais velho sendo esfaqueado e o mais novo atirando nele. Mas ninguém ficou ferido ou morreu, não por muito tempo.

— A gente deu uma festa que varou a madrugada — brinquei. — Muita bebida e música alta.

— Se fosse seu irmão falando isso, eu até acreditaria — disse meu pai, rindo. — O máximo que você fez foi ficar jogando no computador a noite toda.

Meu pai foi tomar banho e César saiu do quarto com cara de quem tinha tido uma péssima noite.

— Como você aguentou isso por tanto tempo?

— Sinceramente, não sei — respondi.

— A dor em si foi rápida. — César falou baixo para que nosso pai não ouvisse do outro cômodo. — Mas a sensação de morrer e voltar... Sei lá, é tudo muito estranho.

— Por isso preciso acabar com essa coisa — reforcei. — Então... Quando você vai me devolver?

— Quando você quiser, hoje estou de folga.

— Ah, verdade. Mas é melhor esperarmos até a noite. Temos que procurar algum lugar, aqui em casa ia chamar atenção.

— Que horas? — perguntou César.

O interessante é que pegando de volta a maldição daquele jeito, eu poderia escolher o horário da minha morte.

— Depois das 23 horas. Hoje vou pra Brasília com a Nicole e o Lucas para tentar descobrir alguma coisa numa biblioteca de lá. Quando eu voltar, conversamos, ok?

César concordou e foi deitar no sofá da sala.

Até às 23 horas, meu dia seria longo e cansativo, mas precisava seguir em frente.

Quando terminei de tomar café da manhã, avisei ao meu pai que não estava indo para a escola e, em vez disso, iria a Brasília com meus amigos. Não revelei o real motivo, dei a entender que seria um passeio qualquer, e o tranquilizei dizendo que não precisávamos nos preocupar com falta, pois as aulas estavam quase acabando. Enquanto isso, tentava não pensar em como aquela ida à biblioteca era uma medida desesperada e mais um tiro no escuro.

— Tem dinheiro pra passagem? — perguntou meu pai.

— Sim, tá tranquilo.

Mesmo assim, ele abriu a carteira e me entregou um pouco de dinheiro.

— Toma, pra você lanchar.

Agradeci, me despedi e fui caminhando até o supermercado que definimos como ponto de encontro. Nicole me esperava perto dos carrinhos enfileirados, usando uma bolsa tiracolo.

— Será que o Lucas vai demorar? — perguntei, olhando o horário.

— Vocês não se falaram hoje? — perguntou Nicole. — Ele não vem mais.

— Não, nem liguei o computador. O que aconteceu?

— O pai dele implicando por bobagem, disse que não era pro Lucas faltar na aula.

— Que aula? O ano praticamente já acabou. — Não escondi meu tom de revolta. — Bom, somos só nós dois então.

Fomos até a parada mais próxima e nos juntamos às outras pessoas que esperavam pelo transporte público. Entramos no ônibus que nos levaria até a rodoviária do Plano Piloto e ficamos em pé, pois não havia assentos disponíveis. Todos os dias, dezenas de ônibus lotados de trabalhadores partiam de Pedra Redonda em direção às cidades vizinhas do Distrito Federal pela manhã e retornavam no fim do dia.

Encarar, de pé, uma viagem de uma hora foi cansativo, mas consegui me distrair conversando com Nicole e observando a paisagem através da janela. Eu só saía de Pedra Redonda quando ia ao cinema ou fazer algum passeio com minha família, então era bom estar fazendo aquilo. A rodoviária estava apinhada de gente e não perdemos tempo tentando nos localizar sozinhos; logo pedimos informação e pegamos mais um ônibus, que nos levou à Universidade de Brasília.

Minha primeira reação foi achar o lugar imenso, parecia um bairro à parte, e muito bonito, com toda a área verde entre os prédios. O cobrador nos ajudou avisando quando descer e explicando em qual direção seguir até a biblioteca. Vimos pouca movimentação enquanto caminhávamos. Nicole fez questão de perguntar a mais uma pessoa, para nos certificarmos de estar indo para o lado certo.

Estar ali gerou sensações mistas em mim, pois eu queria que a minha primeira visita fosse motivada por outro objetivo. A maldição fez com que tudo mudasse, me deixando desesperançoso com meu futuro, e a consequência disso foi me tornar mais inseguro em relação ao vestibular. Quanto mais eu morria, mais aquele e outros sonhos pareciam distantes. Mas, ao mesmo tempo, caminhar pela universidade gerou um estranho sentimento de esperança, fazendo uma parte minha entender que valia a pena continuar acreditando. Afinal, eu estava fazendo o possível para me livrar do meu maior problema, e aquela visita poderia me deixar mais próximo disso.

— Imagina a gente estudando aqui ano que vem — comentou Nicole, certamente tendo pensamentos semelhantes ao meus. — Vai ser incrível.

— Espero estar livre até lá.

— Você vai. Tenho certeza disso.

Ironicamente, *naquele momento*, eu estava livre. Mas, por ser temporário e tudo estar combinado com César, era como se eu ainda carregasse a maldição. A noite traria o retorno da morte. Mesmo assim, aproveitei para atualizar Nicole sobre o que acontecera no fim de semana. Eu tinha usado a arma, e essa era uma informação relevante.

— Sinto muito por isso. Deve ter sido horrível precisar atirar nele — comentou ela quando já avistávamos a biblioteca. — Pelo menos agora sabemos que a arma funciona mesmo.

Achei a Biblioteca Central tão impressionante quanto o restante da UnB. Subimos a escada na entrada e pedimos mais informações na ilha de atendimento. Decidimos começar pelo térreo, que se dividia em duas partes, com mesas e cadeiras onde algumas pessoas estudavam, escolhendo o lado com mais estantes de livros. Eu não fazia ideia de quantos livros havia ali, mas de uma coisa tive certeza.

— Se a gente não encontrar algo aqui — murmurei para Nicole —, não vamos encontrar em lugar algum.

Por não querer bagunçar os livros, ficamos entre as estantes. Assim poderíamos fazer consultas breves e devolver os livros sem serventia para o lugar certo. Seguimos a mesma lógica adotada na biblioteca de Pedra Redonda, mas dessa vez tínhamos muito mais opções. Nos esforçamos para olhar o máximo de títulos possível, em alguns acabávamos demorando mais que em outros, e algo me dizia que precisaríamos voltar em outro dia. Olhamos obras teóricas sobre morte, ocultismo, religião, filosofia e também de ficção sobrenatural.

Paramos para almoçar sem ter encontrado nada útil e comecei a me cansar. Comemos em uma lanchonete próxima, porque achamos mais prático, e Nicole me disse para não desanimar. Havia muita coisa para olhar ainda.

No meio da tarde, comecei a me sentir sonolento, mas me esforcei para não cochilar. Um livro na seção de literatura brasileira chamou minha atenção pelo título na lombada, *Brasil: relatos de um país mal-assombrado*. Peguei o livro com a mesma expectativa inevitável que senti ao olhar outras obras. A capa tinha um mapa do Brasil com algumas ilustrações meio toscas de nave alienígena, lobisomem, fantasma e mula sem cabeça saltando de alguns estados. Li o texto da quarta capa.

> Durante quase uma década, Giovanni Portella viajou pelas cinco regiões do Brasil coletando relatos de pessoas que alegam terem vivido experiências sobrenaturais. Misturando esses relatos com ficção, os contos de *Brasil: relatos de um país mal-assombrado* mostram situações macabras e misteriosas que podem deixar até o leitor mais corajoso de cabelo em pé.

Na orelha, havia a biografia e a foto do autor. Um homem branco de meia-idade nascido em São Paulo. O livro havia sido lançado em 1998. Olhei o sumário, que era organizado por regiões. Cada relato trazia um título e o lugar onde a história surgiu. Fui logo olhando a parte do Centro-Oeste e meu coração bateu mais acelerado quando li "*O fantasma de fumaça* — Pedra Redonda, Goiás".

Precisei me conter para não gritar o nome de Nicole, que estava sentada no chão a umas duas prateleiras de distância. Sentei ao lado dela com a respiração acelerada, e ela logo soube que eu encontrara algo.

— Nicole, olha isso.

Mostrei o texto da quarta capa para ela e depois abri na página do conto.

— Meu Deus, Hugo!

Antes do conto havia uma pequena contextualização sobre o relato e o nome de quem tinha contado a história para o autor. Nós lemos juntos, sentados ali no chão mesmo. A narrativa era curta, cerca de três páginas. Era a história de uma mulher que durante algum tempo conviveu com um fantasma sem rosto que parecia feito de fumaça. Descrição muito semelhante à da sombra que eu via. O conto terminava meio em aberto, com o fantasma simplesmente parando de aparecer para a mulher. Em nenhum momento foi mencionado algo sobre a arma ou mortes repetitivas.

— É o mesmo fantasma, disso tenho certeza — murmurei. — Mas é estranho a mulher não ter dito nada sobre a maldição. Será que ele aparece para outras pessoas de forma aleatória?

— Talvez ela não tenha dito nada sobre a maldição por não estar mais com ela quando conversou com o escritor — sugeriu Nicole.

Era um bom palpite.

— Ou ela não quis falar sobre a maldição...

— Sarah Guimarães... — Nicole leu o nome na primeira página do relato. — Será que esse é o nome dela mesmo?

— Não sei, mas se o autor usou nomes fictícios, não vai nos ajudar em muita coisa.

— De qualquer forma, é um bom começo. Se a gente não encontrar ela, podemos procurar o autor. Talvez ele saiba de alguma coisa.

Nicole tirou uma máquina digital da bolsa e começou a fotografar as páginas do conto, a capa do livro e todas as outras partes que achamos que poderiam ser úteis. Ela tinha razão, era um bom começo. Mesmo sem respostas concretas, tínhamos um direcionamento para dar continuidade à nossa busca.

CAPÍTULO 39

Meu irmão não podia atirar em mim dentro de casa. Tivemos medo de que a movimentação chamasse a atenção dos nossos pais. Então, por volta das 23 horas, dissemos que iríamos comprar cachorro-quente na praça. Meu pai reclamou porque já estava tarde e eu passara praticamente o dia inteiro fora, mas não nos impediu. Ele gostava quando César e eu saíamos juntos.

Pegamos o carro que acabara de voltar da oficina, e eu, com a arma no cós da calça, me sentei no banco do carona. Fomos até a entrada da cidade e paramos em um desvio no meio do mato que não levava a lugar algum.

Saímos do carro e andamos por alguns minutos numa espécie de trilha.

— Aqui está bom — disse César.

— Se alguém aparecer, não deixe que pegue a arma.

— Tudo bem. Ninguém vai vir aqui.

— E, César — pedi —, atira na minha cabeça ou no coração. Sei lá, qualquer lugar que me mate rápido.

A pior parte das mortes anteriores era os dois minutos de espera entre o primeiro tiro e o segundo.

Meu irmão parecia nervoso.

— Pronto? — perguntou ele.

— Sim.

Ele apontou a arma na minha direção, mas hesitou por alguns segundos e abaixou a mão. Ficou encarando a arma em silêncio por alguns segundos e perguntou, receoso:

— Você tem *certeza*?

Afirmei com a cabeça, encorajando-o. Ele franziu a testa e levantou a arma de novo. Olhei as horas no meu relógio.

23h29.

23h52.

Quando acordei, César me segurava nos braços, olhando para os lados a todo momento. Minha cabeça estava dolorida. Outra vez ressuscitando, mas dessa vez, pelo menos, a morte foi rápida e sem agonia.

— Você tá bem? — perguntou César quando viu que eu me mexia. Ele estava suando de nervoso e parecia preocupado.

— Sim, só meio zonzo. Você sabe — respondi, tentando tranquilizá-lo com um sorriso de lado.

César me deu alguns segundos para me recuperar, depois fizemos o caminho de volta pela trilha e saímos do meio da vegetação.

A morte não tinha tanto sangue quanto a anterior, só um pouco na testa e na parte da frente do meu cabelo. Além de mais rápida, daria menos trabalho para limpar.

Entramos no carro e fomos em direção ao centro da cidade para depois irmos para casa.

— Ainda não acredito que fiz isso — sussurrou César.

— Vai ficar tudo bem — falei. — Acredita em mim.

Viramos em uma rua e prendi a respiração quando vi um carro da polícia passando do nosso lado. Se nos parassem e decidissem nos revistar, levariam a arma, seríamos presos e eu nunca quebraria a maldição, além da preocupação e do desespero em que nossos pais ficariam. Quase fechei os olhos para tentar fazer o tempo passar mais rápido, mas eles seguiram direto, sem nos abordar.

Em casa, guardei a arma embaixo da cama outra vez. César estava bem fisicamente, mas continuava dizendo, aflito, que não devia ter me devolvido a morte. E em todas as vezes eu respondia que estava tudo bem e que faria o possível para colocar um fim naquilo. Eu *precisava* colocar um fim naquilo.

CAPÍTULO 40

E, então, a morte retornou para minha vida.
    Invadindo meu peito de novo com seu frio. Tão forte que era como se nunca tivesse ido embora. Dessa vez, no entanto, era um pouco mais cruel, porque a lembrança da liberdade estava fresca em minha mente. Ali estávamos de novo, juntos. Porque *eu* quis. Eu não sabia se minha decisão a deixava satisfeita ou contrariada. Não importava. A risada dela era sempre a última.

CAPÍTULO 41

Aquela foi a nossa última semana de aula. Os professores nem se preocupavam em fingir que ainda precisavam passar conteúdo. A direção também afrouxou um pouco as regras. Então, ficamos livres para jogar baralho na sala, bater bola na quadra ou conversar entre si. Muitas turmas também estavam organizando festas de despedidas, e, para nós do terceiro ano, a palavra "despedida" tinha um peso mais literal.

Nunca fui popular. De modo geral, passei despercebido por minha vida escolar — a não ser, é claro, por alguns professores que se admiravam com a qualidade dos meus trabalhos e com as notas que eu tirava. Lucas e Nicole eram basicamente os únicos amigos que eu tinha. Eu me dava bem com todo mundo, mas não o suficiente para criar laços tão fortes como os que tinha com eles. Guilherme se tornara importante, mas ainda era algo recente. Eu não tinha motivos reais para dizer que sentiria falta do ensino médio, se fizesse isso, estaria mentindo. Então o que era aquela sensação antecipando a saudade?

Não podia ser só por causa de Lucas e Nicole; eu tinha certeza de que continuaria tendo contato com eles. E também não era por causa de Guilherme. Ele morava na minha rua, mesmo que eventualmente não quisesse mais me ver, não desapareceria sem que eu soubesse.

Não sendo as pessoas ou o lugar, só podia ser medo do futuro. A escola era tudo o que eu conhecia, não tinha outra responsabilidade além de estudar. E o que estava diante de mim era incerto e desconhecido.

Durante a primeira parte da manhã, ficamos em um canto do pátio e atualizamos Lucas sobre o que encontramos na biblioteca. Também contei sobre ter transferido a maldição para César e pegado de volta. Ele se lamentou por não ter ido e ficou tão surpreso quanto nós pela descoberta de um relato saído de nossa cidade.

— A gente pode tentar achar essa Sarah no Orkut — disse ele. — Se esse for o nome dela mesmo, talvez a gente dê sorte.

— Sim e, enquanto isso — completei —, vamos tentar entrar em contato com a editora que publicou o livro.

Reparei que Lucas estava meio calado e parecia distraído, mas quando perguntei sobre os pais dele, a resposta foi evasiva. Disse que a situação não estava boa, mas não entrou em detalhes. Ele não gostava de tocar no assunto.

No intervalo, lembrei que havia levado uma barra de chocolate para dividir com eles, mas deixara na mochila, então fui até nossa sala buscar. Chegando lá, vi que Guilherme procurava algo entre o material dele. Não havia mais ninguém por perto.

— Oi, Hugo. Vim buscar o baralho — disse ele quando entrei. — O pessoal quer jogar truco.

— Dessa vez você não me chamou pra te ajudar — falei, indo até minha carteira.

Ele sorriu, pronto para tirar um truque da manga. Eu queria que ele fosse um mágico, para nos fazer desaparecer dali por alguns minutos.

— Ainda quer me ajudar? — perguntou ele, segurando as cartas e parando perto da porta.

Me aproximei dele, certo de que estávamos sendo imprudentes demais. Atrás da porta entreaberta, demos o beijo mais arriscado de todos. Pareceu tão rápido quanto a eletricidade percorrendo meu corpo, mas não rápido o bastante. Nicole abriu a porta e nos afastamos um do outro bruscamente, denunciados pela proximidade e pelas expressões de surpresa e medo. O que temíamos se concretizou. A reação de Guilherme foi tentar alcançar a porta para sair, porém ele mal começou a se mexer e vimos Ana entrando na sala. Ela veio logo atrás de Nicole, então foi impossível saber o quanto percebeu ou entendeu. Toda a confusão fragmentada do momento me fez concluir que Ana, no mínimo, achou estranho o fato de Guilherme e eu estarmos ali sozinhos.

— Vim buscar o baralho — disse Guilherme, mesmo sem ninguém perguntar. — Querem jogar?

Tudo o que eu consegui fazer foi ficar parado, me perguntando por que as duas tiveram que ir até a sala justo naquele momento.

— E eu vim pegar meu brilho — disse Ana.

Ela foi até a carteira com uma expressão difícil de se ler, mas minha aflição deixava a interpretação enviesada e logo comecei a imaginar o que aconteceria caso essa história do beijo se espalhasse. O único pensamento reconfortante era saber que o ano estava acabando. Se acontecesse o pior, pelo menos eu não precisaria lidar com comentários, nem teria que encarar todos na escola. Guilherme esperou Ana e fez questão de segurar a mão dela quando saíram da sala, me deixando sozinho com Nicole. Sem conseguir olhar para minha amiga, encarei uma rachadura na parede.

— Eu acho que ela não viu — disse Nicole. — Tenta ficar tranquilo.

Só lembrei que ainda segurava a barra de chocolate quando a percebi amassada entre meus dedos.

— Não tô pronto pra que saibam ainda.

— Eu entendo. Mas, agora que sei, pode contar comigo pro que precisar — acrescentou Nicole. — E só pra você saber, pra mim não faz diferença.

— Obrigado, Nicole, de verdade — murmurei.

— Eu meio que já tinha percebido. — Ela sorriu, e seu tom de voz me tranquilizou. — Lucas ficava falando que você era a fim da Ana, mas sempre reparei que você, na verdade, olhava pro Guilherme. E, desde que fizemos aquele trabalho, você começou a andar mais com ele.

— Tão óbvio assim? — perguntei, preocupado de mais alguém ter percebido.

— Não, não, nem um pouco. Eu só te conheço bem demais.

CAPÍTULO 42

Na quarta-feira, algo inesperado aconteceu: Nicole lembrou onde vira o símbolo do cabo da arma. Ela levou um livro para a sala e o abriu na mesa vazia dos professores. Todos os outros alunos estavam espalhados pela escola. Era um livro sobre a construção de Brasília, que ela pegou na biblioteca da nossa cidade quando estávamos fazendo o trabalho sobre lendas urbanas. Alguns capítulos falavam sobre cidades-satélites e as do entorno que ficavam em Goiás, uma das mencionadas era Pedra Redonda.

— Aqui.

Ela apontou para a foto em preto e branco de um homem velho com um chapéu de palha, embaixo havia a legenda: *O fazendeiro Mestre d'Armas*.

Outra foto na página chamou minha atenção, era uma espingarda em cima de uma mesa. No cabo dela, o símbolo. Mesmo com a qualidade da foto e a distância da qual fora tirada, era possível ver as letras "M" e "A" entrelaçadas.

— Caramba, eu não sabia disso — falou Lucas, já lendo o trecho que Nicole indicou.

Na época, o lugar onde hoje fica Pedra Redonda de Goiás já era conhecido por algumas fazendas que datam do período colonial. Uma delas pertencia a um armeiro famoso, popularmente conhecido como Mestre d'Armas, que recebia visitantes de todos os lugares. Alguns registros mostram que as habilidades do armeiro com o ofício impressionavam a ponto de existirem boatos de que ele era um tipo de mago. Fica difícil recuperar o que é fato e o que é mito nessa história, mas não se pode negar que Mestre d'Armas foi uma personalidade importante.

— Então foi ele quem fez a arma.
Falei em voz alta só para que alguém comentasse mais alguma coisa.
— Talvez ele fosse um mago de verdade — ponderou Nicole.
— De qualquer forma, agora sabemos que a arma foi criada aqui — acrescentou Lucas. — Será que a gente para de procurar a tal da Sarah e foca nisso?
— Não, todas essas informações são importantes — explicou Nicole —, e estão conectadas de algum jeito.

Ainda não sabíamos como destruir o feitiço, mas pelo menos era outro direcionamento. Peguei o livro e comecei a olhar as outras partes. Aquele era o único texto que falava sobre Pedra Redonda, os outros focavam cidades próximas, como Sobradinho, Planaltina e Formosa.

— Não tem mais nada sobre o Mestre d'Armas no livro inteiro — disse Nicole. — Eu conferi.

Não parecia ter mesmo, aquele era só um parágrafo, um trecho inserido mais pela curiosidade do que por sua importância. E o livro era sobre Brasília, não sobre Pedra Redonda.

Senti um calafrio percorrendo meu corpo e prendi a respiração. Mesmo sabendo que a sombra podia aparecer a qualquer momento, eu continuava me assustando. Daquela vez, entretanto, ela manteve seu rosto vazio bem próximo do meu. Não sei se foi algo que a sombra causou, mas em seguida o livro escorregou da minha mão e caiu no chão com a capa aberta.

— O que foi isso? — perguntou Nicole, estranhando eu ter derrubado o livro do nada.

— A sombra... — murmurei, olhando para o chão.

— Ainda tá aqui? — perguntou Lucas com a voz levemente trêmula.

— Não, já desapareceu.

Peguei o livro e reparei na parte em que deixavam a ficha de empréstimo da biblioteca. Não era um livro muito solicitado, antes de Nicole, só havia sido pego outras duas vezes. A primeira delas foi na década de 1980.

— É ele! — afirmei espantado.

Apontei para o nome na ficha.

— Quem? — perguntou Nicole.

— Vinícius Costa, o cara da reportagem, aquele que morreu e o corpo desapareceu do hospital. — Eu mencionara a reportagem quando contei a eles sobre a maldição. — Ele pegou o livro muito tempo depois da data da notícia, mas é ele.

— Então estamos no caminho certo — disse Lucas.

— Talvez a biblioteca ainda tenha o endereço dele. Quem sabe ele até more no mesmo lugar — completou Nicole. — O difícil é eles passarem essa informação pra gente.

Sim, seria difícil, mas precisávamos tentar. Aquele era o maior avanço que havíamos feito, e era impossível não ficar empolgado com um progresso tão considerável.

— Vamos na biblioteca hoje à tarde — falei.

Não teríamos conseguido se Nicole não estivesse lá. Ela inventou toda uma história sobre estar fazendo uma pesquisa sobre a biblioteca e seus frequentadores e queria entrevistar alguns nomes que tinha encontrado em livros que pegou emprestado. A bibliotecária relutou, mas acabou olhando nos arquivos e nos passando as informações. Nicole foi esperta em pedir quatro endereços, assim não ficou parecendo que estávamos atrás apenas de Vinícius.

No dia seguinte, encontrei Nicole e Lucas e fomos procurar a casa de Vinícius. Eu torcia para que ele ainda estivesse vivo, morando no mesmo lugar, ou que pelo menos alguém pudesse dizer onde o encontrar. Eu tirava do bolso o papel com o endereço toda hora, só para dar mais uma olhada, estava quase decorando. Vinícius podia ter respostas. Se ele pegou o livro emprestado, é porque também fez pesquisas, então pode ter chegado mais longe.

Chegamos a uma casa simples e bem cuidada, com a pintura nova e um jardim bonito na frente, bem como algumas árvores no quintal. A área era protegida por uma cerca de arame farpado. Ficamos parados diante do portãozinho de madeira e bati palmas para ver se alguém atendia. Pouco tempo depois, uma garota de mais ou menos dez anos espiou pela janela.

— Minha mãe mandou falar que a gente não quer comprar nada — disse ela.

— Oi, tudo bem? — cumprimentei. — A gente quer falar com o sr. Vinícius.

Pelos meus cálculos, Vinícius teria quase sessenta anos, então, se fossem parentes, aquela garotinha tinha idade para ser neta dele.

— Ô vôôô! — gritou a menina para dentro da casa. — Tem um povo aqui querendo falar com o senhor.

Um homem negro e de cabelo crespo grisalho abriu a porta. Ele aparentava ter mais ou menos a idade que eu supus.

— Pois não?

— Desculpa incomodar. Eu me chamo Hugo e preciso falar sobre algo que acredito já ter acontecido com o senhor. — Tentei ser vago porque a garotinha ainda nos olhava pela janela. — É sobre... a arma.

— Como assim, garoto?

— Você sabe... Estou morrendo... — acrescentei, quase num sussurro.

Vinícius arregalou os olhos e se aproximou do portão para abri-lo. Pela expressão em seu rosto, eu soube que ele se lembrava do seu passado com a maldição.

— Por favor, entrem.

Fomos para a sala e ocupamos um sofá de três lugares, onde me sentei entre Lucas e Nicole.

— Lídia, pede pra sua mãe fazer um suco — disse Vinícius. — Depois pode ficar brincando lá no quintal.

Lídia deixou os ombros caírem e saiu arrastando os pés, mas não reclamou.

— Não me admira aquela coisa ainda estar por aí — disse ele, sentando-se em uma cadeira de macarrão ao lado do sofá, as cordas de plástico colorido rangendo sob o peso dele. — Mas como você me achou?

— Depois que comecei a morrer — contei —, fiz algumas pesquisas e encontrei uma reportagem sobre o dia em que você foi dado como morto e fugiu do hospital. Acabei supondo que você ficou preso na maldição... Feitiço, não sei como chamar.

— Ah, é uma maldição, com certeza — murmurou Vinícius.

— A reportagem não me levou a lugar algum, mas encontrei seu nome na ficha de empréstimos de um livro da biblioteca que menciona o Mestre d'Armas. Tô aqui porque talvez o senhor saiba o que fazer para acabar com a maldição. Não quero passar para outra pessoa.

— Não há o que fazer, desista. Passe para a frente e vá viver sua vida.

Aquilo me pegou de surpresa, eu estava muito confiante de que Vinícius me daria respostas. Eu ouvia a respiração de Nicole e Lucas.

— Sim, o Mestre d'Armas criou o revólver. E ele era um bruxo — continuou Vinícius. — Mas não, não existe um feitiço contrário, ou sei lá o que, para desfazer a maldição. Eu li muito, cheguei a viajar procurando respostas. A arma quase caiu em mãos erradas. E não cheguei a lugar algum. Tudo o que fiz foi perder tempo.

O tom de voz dele era o de quem estava irritado, parecido com o meu quando Lucas descobriu e sugeriu que eu pedisse ajuda.

— Deve haver algo... — Lucas começou a dizer.

— Há quanto tempo você está com a maldição? —perguntou Vinícius, ignorando Lucas.

— Dois meses — respondi.

— Com dois meses eu também acreditava que seria o último a passar por aquilo. E eu acreditei nisso por cinco anos. *Cinco anos* com a maldição. Não foram cinco dias nem cinco meses. Então, sei do que estou falando. Não tem fim, você nem pode morrer. Tentei de várias formas e nada funcionou.

O tempo foi passando e eu não envelheci um dia sequer enquanto estive com a maldição. Era como se eu estivesse congelado no tempo.

— Então só há uma forma de escapar?

— É um ciclo sem fim, meu jovem. Uma história de sofrimento interminável — respondeu Vinícius. — Não deixe de viver sua vida por causa disso. Você não tem culpa.

— O que você pensava fazer em seguida, antes de passar para outra pessoa? — perguntei.

— Eu estava prestes a abrir a arma, mas acabei não tentando por medo de piorar as coisas e ficar preso para sempre. A ideia de ser imortal naquele contexto de sofrimento me assustou e me fez desistir.

— O senhor conhece uma mulher chamada Sarah Guimarães? — perguntou Nicole. O que foi bom, porque eu estava esquecendo.

— Não, nunca ouvi falar. Por quê?

— A gente acha que é outra pessoa que talvez possa nos ajudar — expliquei.

Ele repetiu que não sabia e me olhou de um jeito que nunca vou esquecer: com o olhar de quem realmente entendia minha situação e lamentava não poder ajudar.

O suco nunca chegou, Lídia tendo avisado ou não a mãe. A conversa foi rápida e me despedi de Vinícius com mais angústias do que respostas. Naquele momento, o desejo de desistir e passar a maldição estava se tornando maior do que o de tentar quebrá-la.

— Uma última coisa — disse eu, parando na porta. — Você também via a sombra?

— Depois de um tempo, ela sempre estava lá. Por perto. Me observando como um urubu. Nunca falou nada, e era impossível tentar adivinhar o que queria. Nem rosto a infeliz tinha. Também não descobri como ela se conectava com todo o resto, mas tudo indicava que ela e a arma tinham uma relação forte. De onde mais aquilo poderia ter saído?

CAPÍTULO 43

A semana terminou, e meu corpo já demonstrava desagrado por ter retornado à rotina de mortes. A manhã da sexta-feira foi diferente de todas as outras. O ano letivo se encerrou oficialmente e saí pelo portão da escola pela última vez como aluno.

— Então é isso, né... — comentou Lucas quando voltávamos para casa, empurrando nossas bicicletas. — O fim do ensino médio.

— Isso significa que somos adultos agora — disse Nicole.

— Não sei se tô preparado ainda — falei. — Tomara que a gente consiga entrar para a faculdade. Os três.

— De preferência pra UnB — disse Lucas.

Nicole com certeza conseguiria, ela estava fazendo o Programa de Avaliação Seriada, então tinha mais chances. Lucas e eu, por termos perdido as duas primeiras etapas, precisaríamos confiar no vestibular. De qualquer forma, chances maiores que a de muitos outros alunos que nem cogitavam ou sequer sabiam ter a possibilidade de continuar estudando depois do ensino médio. Muitos deles só visualizavam um tipo de futuro, trabalhar em Pedra Redonda ou, quem sabe, em uma cidade vizinha. Alguns já até haviam começado a trabalhar nos meses anteriores. Lojas de roupa, supermercados, lanchonetes. E o problema não estava nas profissões em si, mas na ideia de que somente elas estavam no campo de possibilidades para jovens da periferia.

— Bom que ainda temos um mês — disse Nicole.

— Vamos continuar estudando juntos — sugeri. — A gente pode ir pra biblioteca.

— Enquanto isso — disse Lucas —, a gente vai tentando acabar com... *você sabe.*

— Sim, Hugo, vamos continuar te ajudando — garantiu Nicole.

— Obrigado, gente — falei. — A conversa com Vinícius me desanimou, mas não quero desistir.

A amizade deles era muito importante para mim, nossos laços envolviam cuidado e reciprocidade. Ao poucos, eu entendia que não precisava me sentir um incômodo ao receber apoio, principalmente vindo deles dois.

À tarde, peguei minha bicicleta e fui em direção ao centro comprar um presente para César com o dinheiro que minha mãe me dera. No dia seguinte seria aniversário dele, e eu queria comprar algo legal, mesmo que fosse simples.

Acabei parando em uma banca de bonés da feira permanente. César ficaria feliz ganhando um boné novo. Fiquei alguns minutos escolhendo a cor e o modelo que combinavam mais com ele. Quando terminei de pagar, Guilherme passou do meu lado. Ele estava sozinho.

A princípio, pensei que ele iria me evitar, como fizera a semana inteira.

— Ei, que coincidência você por aqui — disse ele, indo até mim.

— Pois é, eu tava comprando um presente pro César. E você?

Ele levantou uma sacola.

— Minha mãe me pediu pra comprar umas linhas no armarinho aqui perto.

A mãe de Guilherme era costureira e quem cuidava dos reparos mais complexos nas roupas lá de casa havia anos.

— Você já tá indo embora? — perguntei quando começamos a andar.

— Sim.

— Posso te acompanhar?

— E por que não poderia? — respondeu ele.

— Não sei, você quase não falou mais comigo depois que... — Lembrei que tinha gente por perto. — Depois do dia na sala.

— Desculpa, eu só estava confuso, precisando de um tempo. Terminei com Ana e, sei lá...

Ali estava uma informação que eu não sabia. Mas, parando para pensar, Ana não tinha aparecido na escola no restante da semana. Saber da separação, entretanto, não me trouxe a felicidade instantânea como, em alguns momentos, acreditei que traria. A sensação era agridoce. As coisas mudaram, quase fomos descobertos, e ele ficou mais apavorado com isso do que eu, afinal, ele tinha uma reputação para manter. Aquela liberdade podia não significar muita coisa. Com ou sem Ana, ainda éramos nós dois, sempre correndo o risco de perder o que tínhamos.

— Depois daquele dia, decidi que não queria continuar enganando ela. Era errado, e isso estava me deixando mal — disse Guilherme. — Não quero mais viver negando quem sou. Mas não se preocupe, não falei nada sobre a gente. E ela também não viu nosso beijo, ou com certeza teria falado algo.

Empurrando nossas bicicletas pela calçada, paramos na frente de um cruzamento para esperar o momento mais oportuno de fazer a travessia.

— Nicole não vai contar pra ninguém — falei. — Pode ficar tranquilo.

Assim eu esperava deixar implícito que ele não precisava fugir de mim, que o caminho poderia continuar sendo o mesmo desde que o trilhássemos juntos. Mas era o máximo que me sentia capaz de fazer. Não sei se pediria para que ele ficasse, caso estivesse decidido a me deixar. Porém ele não fez comentário algum nesse sentido. Ficamos em silêncio por vários minutos — o tipo de silêncio que eu gostaria de evitar, porque eu acabava prestando mais atenção nos meus medos e desejos. Por isso, enquanto andávamos, mantive o rosto virado para o lado oposto ao dele, como se as lojas da avenida fossem mais interessantes. Assim, podia vê-lo sem encará-lo. Ele não percebeu minha atenção direcionada ao nosso reflexo nas vitrines. Por que alguns daqueles vidros tinham que ser tão foscos? Por que as coisas para nós dois tinham que ser tão difíceis?

Cansado das vitrines, olhei para o lado oposto e me distraí com as estruturas de ferro que coloriam o céu. Era o parque de diversão, que chegara à cidade em outubro e só ficaria ali mais uma semana. Metais predominantemente vermelhos e amarelos de aparência nada confiável, mas que serviam seu propósito. Quem sabe eram frágeis de aparência e por dentro fossem fortes.

— A gente podia vir aqui antes de irem embora — sugeriu Guilherme.

Eu devia estar olhando para o parque com muito interesse. Precisei resistir ao impulso de segurar a mão dele. Que bom que eu podia manter as duas mãos empurrando a bicicleta. Era muito difícil saber como ele se sentia em relação a mim.

— Eu adoraria.

Queria ter dito algo mais impactante, ou ter demonstrado mais minha felicidade. Reforcei com um sorriso e Guilherme sorriu de volta, então eu soube que ele tinha entendido. Sabia também que aquilo não era uma resolução, nem para a continuidade, nem para o fim. Mas era o próximo passo de um caminho que continuaria exigindo paciência. Um caminho bom demais para não querer segui-lo.

CAPÍTULO 44

23H52. Acordei e ela estava lá. Em pé. Com sua altura imponente. Macabra. Tão presente que eu tinha medo de olhar e pavor de virar o rosto, e por isso não conseguia tirar os olhos dela. A sombra me encarou; seu rosto era tão vazio e inquietante que desejei esquecê-lo. Mas eu não podia ficar paralisado todas as vezes. A situação estava me deixando com uma raiva que só crescia.

Fiquei de pé. A sombra não podia me ferir, ou já teria feito isso antes.

— O que você quer? — perguntei.

Ela não respondeu.

— O que você quer *de mim*? — reformulei a pergunta.

Ela continuou em silêncio, mas tive certeza de que inclinou um pouco a cabeça.

E de repente não estava mais lá. Eu era o único no banheiro.

Sequei meu corpo e olhei para o reflexo daquele jovem cansado. Eu mal completara dezoito anos, não deveria carregar aquele fardo. Precisava acabar com aquilo antes que minha mente e meu corpo estivessem destruídos demais.

Tinha impressão de que os impactos no meu corpo estavam aparecendo mais rapidamente depois de César ter me devolvido a maldição. Eu já estava com olheiras e o rosto abatido. Uma leve aparência fragilizada. Era sutil, porém mais evidente do que antes. Meus pais não tardariam a notar. Ainda mais com as preocupações recentes.

Saí do banheiro e fui esperar César chegar do trabalho. Meia-noite já seria aniversário dele, e eu queria ser o primeiro a lhe dar parabéns. Nossos pais estavam dormindo. Quando ele chegou, visivelmente cansado, eu estava na sala assistindo ao filme que passava na TV. Era algum da série *Premonição*.

Depois de desejar os parabéns e entregar o presente, fomos para a cozinha. Às vezes ele levava para casa pedaços de pizza de algum pedido que tinha saído errado. Naquele dia, eram duas fatias de pizza calabresa.

— Pode comer — disse ele, me entregando o pacote, deixando claro que eram para mim.

Ele sentou em uma das cadeiras e soltou um suspiro.

— Muito cansado? — perguntei.

— Um pouco. Não tô conseguindo me concentrar direito. Fico pensando em você toda hora, preocupado.

Fiquei calado.

— Você descobriu alguma coisa? — perguntou ele.

— Depois da conversa de ontem com Vinícius, não tive tempo de procurar mais nada.

Desde a transferência, César tocava no assunto todos os dias. Eu aceitava porque imaginava como era difícil para ele não poder me salvar daquilo. Mas estava começando a me sentir sufocado, porque ele falava sempre em um tom de pressa.

— Vou desmontar a arma. — Ninguém sabia ainda sobre essa decisão. — Talvez eu descubra algo. Mas, sei lá, e se eu estragar ela?

— Você sempre foi bom em consertar coisas — disse César. — Acho que não vai fazer mal dar uma olhada. Depois é só colocar tudo no mesmo lugar.

— Só espero não piorar as coisas.

— Não era isso que o tal Vinícius queria fazer?

— Sim.

— Então você está no caminho certo.

Assim eu esperava. Queria que aquela fosse a escolha certa, mas ao mesmo tempo não era como se eu tivesse muitas opções para considerar.

— Bom, vou deitar porque amanhã eu trabalho — disse César. — Não esquece de desligar a TV quando for dormir.

— Vai trabalhar no seu aniversário?

— Sim, deixei pra tirar folga no domingo. A mãe quer que a gente vá almoçar na casa da tia Lívia. Esqueceu?

— Não, mas não tô com um pingo de vontade de ir...

Com a presença confirmada de César, ficaria mais difícil escapar daquele evento familiar. Eu diria impossível. Fazia tempo que não ia em um daqueles almoços, minha mãe não me deixaria continuar sendo negligente com nossos parentes.

CAPÍTULO 45

Na madrugada de sábado para domingo, depois de ter certeza de que todos dormiam um sono profundo, peguei a caixa de ferramentas do meu pai e me tranquei no quarto. Comecei abrindo a arma pelo cabo, supondo que não havia nada no cano para ser investigado. Usei a chave de fenda para tirar os parafusos. O interior do cabo não tinha muito espaço, mas encontrei nele uma série de pequenas engrenagens. Parecia o interior de um relógio velho que certa vez meu pai pediu que eu abrisse e desse uma olhada. O mais estranho foi que, mesmo com todo o resto desmontado, as engrenagens continuavam girando.

Ela apareceu de forma tão repentina que devia ter lido meus pensamentos ou adivinhado qual seria meu próximo movimento. Assim que aproximei meu dedo das engrenagens, vi a sombra no canto do meu quarto, parada ao lado do meu guarda-roupa. Meu coração deu um pulo, mas mantive a postura, o dedo suspenso como se fosse uma ameaça.

— Você não pode me impedir — disse em voz alta.

A sombra ficou parada, e isso só aumentou minha irritação. Eu não tinha mais medo dela, ela era só uma presença desagradável. A raiva súbita fez com que eu não me importasse mais com as consequências. Antes, meu objetivo era só analisar as engrenagens. Retirar algumas e depois colocá-las de volta. Mas acabei puxando todas de uma vez. Algumas peças caíram no chão e outras continuaram dentro do cabo.

No mesmo instante em que o interior da arma se fragmentou, a sombra gritou. Não houve barulho, mas em seu rosto surgiu um par de olhos e uma boca com dentes brancos. Todo o resto ainda era escuro. A arma e as peças no chão começaram a vibrar com força e, em seguida, o fantasma foi puxado para dentro dela, como se um grande ralo invisível tivesse aparecido ali. O movimento de sucção foi tão rápido que fez a arma cair no chão. Fiquei de pé e observei as peças se juntarem aos poucos, uma por uma, refazendo todo o processo de montagem. Por fim, ela tremeu mais uma vez e parou. Nesse ponto, o medo retornara e eu já estava encolhido na parede em que ficava o computador. Por fim, a arma começou a liberar o que, a princípio, pareceu ser fumaça, mas logo vi que era a sombra tomando forma e ficando de pé.

Ele me olhou. Pela primeira vez, ele me olhou, porque agora tinha olhos caídos e inexpressivos. O globo ocular era tão branco quanto os dentes que usou para sorrir. Ele não ganhou mais detalhes no rosto e no corpo. Os olhos e a boca flutuantes deixaram a sombra ainda mais aterrorizante. Mantendo o sorriso e os olhos fixos em mim, ele veio correndo em minha direção, deslizando e flutuando a poucos centímetros do chão. Porém, não me tocou, passou pelo meu lado seguindo para o computador e colidiu com a mesa, derrubando alguns CDs que eu mantinha ali. O estrondo das capinhas de acrílico caindo no chão foi absurdo, talvez o suficiente para meus pais ouvirem do quarto deles. Em seguida, a sombra desapareceu, me deixando ao lado da bagunça, olhando para o revólver no chão.

PARTE 4
REVOLVER

CAPÍTULO 46

Depois de tudo o que acontecera na noite anterior, eu não sabia se a arma continuava sendo a mesma de antes. Quando apertei o gatilho para testar, uma das balas mágicas atravessou a parede sem deixar vestígios, mas a munição não voltou a aparecer dentro do tambor. Isso podia ser um problema.

Era ingênuo, eu sei, mas parte minha ficaria aguardando pela noite, torcendo para que meu ato tivesse sido suficiente para reverter o feitiço. Esperando que o fenômeno com a sombra sendo sugada e expelida pela arma fosse um sinal de que eu estava livre.

E logo eu descobriria que algo, de fato, havia mudado. Mas não a meu favor.

Meu pai fez todos acordarem bem cedo no domingo. Precisávamos sair o quanto antes para pegar a estrada até Samambaia. O longo caminho precisava ser vencido o quanto antes, porque minha mãe ajudaria minha tia a preparar o almoço. César mal entrou no carro e já foi encostando a cabeça na janela para voltar a dormir. Eu segurava um livro, na esperança de aproveitar parte da viagem de aproximadamente uma hora e meia para ler um pouco. Minha mãe colocou no porta-malas duas panelas grandes. Eu nem queria pensar na quantidade de parentes que estariam lá e nas perguntas inconvenientes que fariam.

Acabei lendo dois capítulos durante o caminho. César dormiu o trajeto quase todo e meus pais ficaram conversando boa parte do tempo. Eu achava incrível e fofo como eles sempre tinham assuntos variados sobre os quais conversar.

O dia se arrastou porque eu não queria estar ali, rodeado de familiares. Foi bom rever algumas pessoas, mas, no geral, eu não parava de pensar no que tinha feito com a arma. O almoço foi churrasco com vários acompanhamentos e muitas opções de sobremesa no final. Minha família era grande e barulhenta, com tios que bebiam bastante cerveja e primos que adoravam jogar dominó. As músicas nas caixas de som, que com certeza incomodaram toda a vizinhança, foram predominantemente pagode e sertanejo. Mais de uma vez eu passei perto de minha mãe e ela estava conversando com alguém, falando com muito orgulho sobre os dois filhos e mencionando meu empenho na preparação para o vestibular.

Ficamos na casa da minha tia até o fim da tarde. Eu estava de olho no horário, pronto para reclamar se percebesse que corria o risco de não chegar em casa antes das 23 horas. Mas meu pai foi o primeiro a dizer que precisávamos ir embora; ele nunca gostou de voltar muito tarde.

No trajeto de volta, César não dormiu, e eu não tive ânimo para ler. O sol já estava começando a se pôr.

Quando deixamos a BR-020 e seguíamos pela estrada até Pedra Redonda, algo estranho aconteceu — apesar de que a palavra *estranho* perdera parte do valor para mim.

— Mas que porra é essa? — disse meu pai.

Ele não perdeu tempo tentando buzinar, pois precisou agir rápido e desviar da figura esfumaçada parada no meio da estrada. A noite e a iluminação fraca tornavam difícil distinguir o que era aquilo, mas eu estava familiarizado com a sombra, e ainda consegui ver seu sorriso flutuante antes de sairmos para o acostamento. Minha mãe gritou, assustada, com medo de que meu pai perdesse o controle do carro, mas ele conseguiu parar. Com a freada brusca, fomos jogados para a frente, mas todos usavam cinto de segurança e não batemos em nada.

— Tá todo mundo bem? — perguntou meu pai.

Ninguém respondeu de imediato, mas aos poucos fomos confirmando que sim.

— Que diabos era aquilo? — perguntou minha mãe, com a voz tremendo.

Eu sabia a resposta, mas fiquei calado. Olhei para trás e a sombra havia desaparecido. Meus pais saíram do carro e olharam em volta, mas tudo o que viram foram os veículos passando em ambas as direções da estrada. Quem pensaria que aquilo não era uma pessoa?

César me olhou, talvez percebendo, pela minha expressão, que eu sabia de algo. Ele abriu a boca para falar, mas o interrompi:

— Agora não... — murmurei.

Sem explicações para o fenômeno, meus pais voltaram para dentro do carro e continuamos a viagem. Todos tensos e em silêncio por causa do susto.

No fim, a conclusão dos meus pais foi de que por pouco não atropelamos alguém muito irresponsável atravessando a estrada e a pessoa acabou se escondendo ao perceber que quase tinha causado um acidente. Alguns minutos após chegarmos em casa, ninguém tocou mais no assunto.

Fui para meu quarto, e César me acompanhou.

— Que merda foi aquela? — perguntou quando estávamos sozinhos. — Era o fantasma que você mencionou?

Quando contei tudo para César, mencionei a sombra, mas ela não apareceu para ele no curto período em que esteve sob o efeito da maldição.

— Sim, ele continua me perseguindo — contei. — Mas agora ele tem um rosto, ou algo assim, e pelo jeito não sou mais o único que consegue vê-lo. Acho que é porque mexi na arma.

— Talvez algo tenha mudado mesmo, uma peça fora de lugar, um parafuso frouxo — supôs César. — Fico pensando no que pode acontecer se ele sair por aí aparecendo pra muita gente.

Como lutar contra algo que aparece quando você menos espera? Uma presença que vive à espreita.

— Eu não sei mais o que fazer. — As lágrimas vieram, de forma repentina, até para mim. — Esse pesadelo não acaba, só piora a cada dia.

Não era uma data comemorativa, mas, mesmo assim, meu irmão me abraçou. Ele não disse nada, só me deixou chorar. Não falou que podia pegar a maldição para ele, pois sabia que eu discordaria disso. Tampouco prometeu que tudo ficaria bem; não era o momento para falsas esperanças. Mas, em seu silêncio, César mostrou, mais uma vez, que eu podia contar com ele.

CAPÍTULO 47

Pensei em começar a andar com o revólver. Sem saber o que a sombra queria e podia fazer, senti necessidade de proteger aquilo que nos unia.

Mas não levei a ideia adiante, porque meu medo de ser pego armado era muito maior. Não queria ser preso. Também concluí que, se o fantasma quisesse a arma, ele já teria feito algo com ela. Eu precisava esperar a sombra aparecer de novo para tentar falar com ela. Pode parecer ridículo querer se comunicar com uma entidade que eu nem sabia se conseguia me ouvir ou me entender, mas aquele era meu último recurso. Uma medida desesperada, uma tentativa em meio a um mar de questões sem solução.

Não queria ficar em casa sem fazer nada, esperando algo acontecer. Encontrar foco para os estudos estava complicado. Nem vontade de mexer no computador eu tinha. Motivo pelo qual fiquei contente ao sair para encontrar Guilherme. Íamos colocar em prática a ideia de aproveitar enquanto o parque estava na cidade. E, para melhorar tudo, os ingressos estavam pela metade do preço.

No início da noite, nos encontramos em frente à casa dele. Fiz questão de sairmos cedo, antes das 19 horas, para não correr o risco de ficar na rua até o novo horário de minha morte.

Guilherme estava usando uma jaqueta jeans preta e lamentei não ter levado um agasalho, talvez esfriasse mesmo mais tarde. Ele perguntou como eu estava e começamos a andar, sem nos cumprimentar com um abraço ou aperto de mão.

— Hoje eu entreguei uns currículos — contou ele no início da conversa.
— Agora é torcer pra marcarem alguma entrevista.
— Vai dar certo!
— Preciso arranjar um emprego logo. A escola mal acabou e meu pai já está enchendo o saco dizendo que tenho que ajudar a pagar as contas. Daqui a pouco ele me expulsa de casa, dizendo que já sou adulto.
— Ele não faria isso — disse. — Faria?
— Não duvide.
— Se você quiser ajuda pra entregar os currículos, me avisa. Não tô conseguindo estudar o tanto que eu deveria mesmo.
— Quando é sua prova?
— Só 19 e 20 de janeiro — respondi. — Mas o resultado só sai no fim de fevereiro. Até lá, não sei o que vou fazer.

Eu não tinha um plano B. Se não passasse no vestibular, teria que decidir se continuaria estudando para tentar outra vez ou se faria como Guilherme e procuraria um emprego. Mas eu não poderia ficar parado para sempre.

— Se eu tivesse entrado pro exército — comentou Guilherme —, seria muito mais fácil ter dinheiro agora.

Não era a primeira vez que ele lamentava o fato de ter sido dispensado. Não só ele como outros colegas viam nas forças armadas uma porta de entrada para o mundo do trabalho e construir uma carreira. César serviu por um ano, e sei que ele queria ter ficado mais tempo. Já eu agradeci quando fui dispensado no primeiro dia do processo. Para mim nunca foi um caminho atraente.

Quando chegamos no parque, verifiquei o relógio para me certificar de que tínhamos tempo. O lugar não estava lotado, mas havia uma quantidade considerável de pessoas aproveitando a promoção da última semana. Logo na entrada senti o cheiro de pipoca, antes mesmo de localizar o carrinho. Um senhor girava a manivela na tampa de uma panela. Ao lado dele havia uma barraquinha vendendo batata frita, daquelas bem gordurosas e salgadas, e outra com algodão doce.

Nós passamos direto por eles e fomos até a bilheteria.

O parque tinha poucas atrações em que podíamos ir, por causa do nosso tamanho, então não compramos muitos ingressos. De qualquer forma, o que queríamos era passar aquele tempo juntos. O importante era estar ali com Guilherme, vendo seu sorriso e sentindo seu cheiro. Era a primeira vez que saíamos sem ele estar namorando.

— Vamos no tiro ao alvo — sugeriu Guilherme.

— Vou só olhar — respondi. — Minha pontaria é péssima.

— Nada, você também vai tentar.

Guilherme segurou meus ombros e me guiou até a barraca do tiro ao alvo. Paramos na bancada de madeira e ele já foi mexendo em uma das várias espingardas de pressão que estavam amarradas ali. Todos os prêmios na barraca eram doces — balinha Freegells, chicletes, chocolates, pirulitos —, para ganhar precisávamos derrubá-los de onde estavam posicionados.

Um senhor nos atendeu e descobrimos que a barraca não aceitava os ingressos do parque, vendia a munição por conta própria.

— Pena que não tem um ursinho — disse Guilherme enquanto colocava um dos chumbinhos na espingarda. — Se tivesse, tentaria ganhar pra você.

Não soube o que dizer, então me limitei a sorrir. Guilherme já estava concentrado apontando a arma para um dos doces. Ele atirou três vezes e errou todas.

— Toma, sua vez — disse, me entregando a espingarda já carregada.

— Se você não está conseguindo, quem dirá eu — falei, tentando escapar.

— Deixa disso! Aqui.

Por que eu não queria recusar e não custava nada tentar, peguei a espingarda e apontei para um dos chocolates que me pareceu mais interessante. Dois segundos antes de puxar o gatilho, eu a vi. Parada atrás da prateleira, a sombra me encarou. Mas era diferente, porque aquele olhar sinistro me deixava mais desconfortável. Sorrindo, ela fixou seus olhos inexpressivos em mim, como se quisesse me apontar a ironia de estar brincando com uma arma. O susto e a surpresa por ter sido pego distraído foram suficientes para fazer meu braço tremer, o que resultou no tiro passando direto pelos prêmios.

— Vixe, passou longe — comentou Guilherme.

— Eu falei — murmurei, devolvendo a espingarda e torcendo para ele não perceber a mudança na minha voz. — Pode tentar o resto.

A sombra desapareceu tão rápido quanto chegou, como sempre. Ninguém ao meu redor demonstrou ter visto algo, o que talvez fosse bom. Mas não esqueci que César e meus pais a tinham visto no meio da estrada.

Guilherme conseguiu derrubar um chocolate, e fomos andar pelo parque. Comprei pipoca, ele, algodão doce. Ficamos encostados na grade do carrinho de bate-bate, dividindo o que havíamos comprado e rindo de quem não conseguia controlar o brinquedo. Um garotinho pisava no acelerador, mas só conseguia andar em marcha à ré.

— É melhor a gente ir pra fila — disse Guilherme.

Aquela rodada do carrinho de bate-bate estava prestes a terminar, assim como o algodão doce que Guilherme segurava.

— Vamos — chamei, pegando o último pedaço daquela suavidade cor-de-rosa.

— Ei! — Guilherme ficou olhando para o palito vazio.

— Desculpa — respondi com a boca cheia.

Ele pegou o saco de pipoca da minha mão e foi na frente até a fila, jogando o palito fora em um dos latões usados como lixeira. Olhei as horas, tentando não esquecer do tempo.

Depois, ficamos em dúvida se deveríamos ir no *twister* primeiro ou na roda-gigante. Ainda tínhamos quatro ingressos, então daria para ir nos dois brinquedos. Acabamos optando pela roda-gigante, porque a fila estava mais tranquila.

Olhei para o relógio outra vez.

— Você tá com pressa? — perguntou Guilherme.

— Não — respondi, meio sem graça. — Só tenho mania de ficar olhando as horas.

Eu não queria passar a impressão de estar querendo ir embora, mas não podia deixar o episódio do dia da pizzaria se repetir, então aquela obsessão com o relógio era inevitável.

Entramos na cabine da roda-gigante. Conforme ela subia, senti um frio na barriga, não só por estar cada vez mais alto, mas também por estar tão próximo de Gui. Fiquei torcendo para que mais alguém subisse e o brinquedo nos deixasse parados um tempo no topo. Porém, mesmo ali, mais perto das estrelas, não nos beijamos.

Sabia que ele também tinha medo. Era arriscado, muitas pessoas olhavam para cima. Não estávamos tão no alto a ponto de nos sentirmos inteiramente seguros. Porém, havia algo que podia ser feito: segurei a mão dele, um gesto que os olhares lá embaixo não conseguiriam condenar. Gui manteve minha mão na dele com firmeza e sorriu enquanto nos olhávamos. Ficamos ali, naquela posição estratégica e confortável.

Mas o rosto dele ficou sombrio quando desviou o olhar.

— Que merda é aquela? — Ele soltou minha mão e se inclinou para a frente, olhando para o *twister*.

O brinquedo girava muito rápido, numa posição inclinada. As crianças gritavam por causa da adrenalina. Mas Guilherme não estava falando delas ou do funcionamento de tudo. Na estrutura central, que sustentava e erguia o brinquedo, uma fumaça começou a se formar. Ninguém mais viu o que estava acontecendo. A fumaça foi ficando cada vez mais densa e escura, ganhando a forma de...

— Aquilo é uma pessoa? — perguntou Guilherme, incrédulo.

Era a sombra de novo. E, mesmo daquela distância, consegui ver o sorriso, mais uma vez direcionado a mim. O brinquedo começou a fazer um barulho estranho e o operador, percebendo que algo estava errado, mexeu no painel para desligá-lo, mas o processo não era imediato. Alguns adultos em volta começaram a se desesperar, temendo que a estrutura desabasse com seus filhos antes que o brinquedo desacelerasse por completo.

Quando o fantasma desapareceu, a fumaça ficou menos densa e continuou subindo mesmo sem haver fogo. Pessoas nos outros brinquedos começaram a pedir para descer, com medo daquele desastre que por pouco não se concretizou. Mas, lentamente, o *twister* parou de girar e todos desceram em segurança.

CAPÍTULO 48

Chegamos em nossa rua ainda atordoados com o que tinha acontecido no parque. Felizmente não tinha sido nada grave.

— Véi, imagina se aquele brinquedo desaba — disse Guilherme pela terceira vez. — A gente ainda pensou em ir nele.

— Ainda bem que não fomos — comentei, meio distraído.

— Teve uma hora que jurei ter visto um homem no meio da fumaça. Foi sinistro demais.

Paramos ao lado do caminhão estacionado em frente à minha casa. Eu não sabia o que a sombra queria, mas devia estar tentando chamar minha atenção, aparecendo justo quando eu estava com outras pessoas. Meu medo era que ela causasse problemas a ponto de machucar alguém.

— Aqui — disse Guilherme, me entregando um dos ingressos que não usamos e acabamos não pegando o dinheiro de volta. — Algo pra guardar de lembrança. Se você quiser...

Segurei a mão dele e o puxei para ficarmos protegidos pelo caminhão, o muro da minha casa e a árvore na frente da casa da vizinha. Era estranho nos arriscarmos justo na nossa rua, mas estava tudo vazio e alguém só nos veria caso parasse bem em frente ao meu portão. Eu sentira vontade de fazer aquilo a noite inteira. E Guilherme também, por isso não resistiu e me beijou de volta, colocando a mão na minha nuca.

— O que a gente tá fazendo? — perguntou ele quando paramos de nos beijar.

A pergunta era ampla, dizia respeito a vários aspectos, não só ao beijo em si.

— Eu não sei — respondi, mantendo o rosto bem próximo ao dele. — Só sei que gosto muito de você.

— Eu também gosto de você, Hugo. Mas... — Ele parou no meio da frase.

Era um daqueles momentos de dúvida que eu também costumava ter. A despedida se encaminhava para ser amarga, e logo numa noite que começara tão doce.

A frase ficou incompleta e Guilherme disse:

— É melhor eu ir.

Ele me deixaria preocupado se apenas se afastasse e virasse as costas, porém, para minha surpresa, ele segurou meu rosto com ambas as mãos e me deu outro beijo, demorado e carinhoso. O que fez meus olhos se abrirem foi o barulho de uma bicicleta parando bem do nosso lado. O que fez Guilherme me empurrar, talvez com mais força do que pretendia, foi a voz que ouvimos:

— Hugo?

O tom de César dizia muitas coisas e nenhuma delas eu consegui interpretar. Fiquei estático, percebendo meu coração bater forte, não mais por causa do que eu sentia por Guilherme, mas por medo do olhar de César. Meu irmão estava a meio caminho de abrir o portão, com o pé apoiado no chão e segurando a bicicleta. De vez em quando ele andava nela, para ir a lugares mais próximos ou quando queria evitar sair com o carro e aproveitar para se exercitar.

Pensei que César iria chamar meus pais para mostrar o que o filho mais novo estava fazendo na frente de casa. Pensei coisas sobre mim mesmo que não deveria pensar; me senti errado e condenável. Nenhum de nós três falou até Guilherme murmurar um "preciso ir" e começar a andar. Ele apressou tanto o passo que César nem teve tempo de se recuperar do choque. Ou talvez meu irmão estivesse decepcionado demais comigo, a ponto de só conseguir ficar me encarando.

— César, eu... — comecei a falar sem ousar me aproximar.

Eu gastava muito tempo imaginando como seria a reação de cada familiar. Às vezes, pensava que não podia ser tão ruim; em outras, me via sendo expulso de casa. Independentemente de qualquer coisa, eu não estava pronto. Não havia me preparado ou elaborado uma forma de contar.

Eu não queria ter aquela conversa. Minha vontade era de entrar logo em casa, esperar a hora do banho, da morte, comer algo e ir dormir. Quantas tormentas cabem em uma noite de sonho?

— Desculpa. — Foi tudo o que saiu.

O olhar de César mudou um pouco, talvez por causa da tristeza que viu em mim. Ele colocou a bicicleta no chão e disse:

— No fundo, eu já sabia. — Ele começou a andar para a frente da casa da vizinha e se sentou no banco. Não me chamou, mas o acompanhei e sentei do lado dele, ainda muito apreensivo.

— Como assim, já sabia? — Tive coragem de perguntar.

— Não sei explicar. Mas, tipo, você é meu irmão. Por mais que a gente não converse muito, eu te conheço. Tem coisas que dá pra perceber. E, também, eu nunca te vi com uma garota.

César deixou escapar um sorriso tenso no final. Ele falava com dificuldade, mas estava tentando.

— Você acha que nossos pais desconfiam?

— Não sei — respondeu ele. — Você quer contar pra eles?

— Não! Não quero que ninguém saiba por enquanto. — Eu falava olhando para o chão. — Acho que todo mundo vai querer se afastar de mim por causa disso.

Senti César colocando a mão no meu ombro.

— Eu não — disse.

Continuei com a cabeça baixa, porque não queria que ele me visse chorando. As lágrimas eram de medo, mas também de alívio.

Ele acrescentou:

— Não é fácil, porque me preocupo com o que pode acontecer com você. Tem muita gente ruim nesse mundo. Mas é a sua vida e você pode viver do jeito que quiser.

Naquele momento eu estava chorando de verdade, e acho que César percebeu.

— Obrigado — falei, fungando.

Eu estava tão cansado.

— Você e o Guilherme, er... — César limpou a garganta. — Estão juntos?

— Mais ou menos. É complicado. Mas eu gosto dele.

— Ele não tinha namorada e tudo mais? — perguntou César, mas não esperou pela resposta. — Bom, não é problema meu. Ele é um cara legal. O importante é você estar feliz.

Ficamos ali mais alguns minutos conversando. César me surpreendeu, não imaginei que aquela seria a reação dele. Talvez eu não o conhecesse o bastante, ou estivesse muito preso à ideia de que qualquer pessoa reagiria mal ao saber sobre minha sexualidade. No fim, fiquei feliz por ter tido aquela conversa com meu irmão.

CAPÍTULO 49

Não procurei Guilherme para conversar porque sabia que nos encontraríamos na quarta-feira. Uma tradição da escola era levar os alunos de terceiro ano para um passeio que servia de comemoração, além da festa de formatura. Estávamos indo para um hotel-fazenda que ficava nas proximidades de Pedra Redonda. Não era tão longe, mas pelo menos era *fora* da cidade. Saímos bem cedo, por volta das 7 da manhã. Em um só ônibus couberam as duas turmas de terceiro ano e os professores que nos acompanhariam; sempre tinha alguns alunos que optavam por não participar.

Meus amigos e eu fomos para o meio do ônibus. Nicole ficou com a janela e me sentei ao lado dela. Lucas se sentou na outra fileira, no corredor, de modo que eu podia ir conversando com os dois. Esperamos os outros alunos entrarem. Guilherme passou por mim, com os amigos, e me deu um sorriso tímido, quase imperceptível, e segui para o fundo do ônibus. Ana ficou com as amigas nas primeiras fileiras, perto dos professores.

O ônibus não era lá essas coisas e fez um barulho muito estranho quando começou a ganhar velocidade, mas teria que aguentar a viagem. Todos estavam muito animados para se preocupar com detalhes. Lucas tirou da mochila um biscoito recheado e nos ofereceu. Peguei um e passei o pacote para Nicole. Tínhamos organizado nosso lanche para não levar coisas repetidas, tudo o que os três tinham seria compartilhado.

No meio do caminho, como se fosse uma só pessoa, o grupinho no fundo do ônibus começou a cantar:

— *Toda vez que eu chego em casa, a barata da...*

Nicole revirou os olhos, retirou o aparelho auditivo do ouvido e ficou olhando pela janela o resto da viagem. Eu também não suportava aquela música e fiquei torcendo para ninguém falar meu nome. Quando chegamos ao hotel-fazenda, fomos recebidos por um recepcionista que não parecia feliz por ver tantos adolescentes de uma vez. Ele nos passou algumas informações, reforçando o que os professores já tinham dito sobre o que não era permitido fazer enquanto estivéssemos ali — quebrar algo e ficar se pegando estavam no topo da lista, então eram as coisas mais prováveis de acontecer. Depois dessa conversa inicial, ficamos livres para aproveitar o lugar sob a supervisão dos professores. Boa parte dos colegas correu para a piscina e outra foi para o salão de jogos, onde tinha sinuca, pingue-pongue e totó.

Mas, antes de decidir para onde iríamos primeiro, chamei meus amigos para conversar. Eu precisava falar com os dois em um lugar mais reservado. Não quis contar por MSN nem no ônibus. Tanta coisa tinha acontecido desde sábado. Desmontei a arma, a sombra mudou de comportamento e ficou visível para mais pessoas, quase causando dois acidentes. Contei tudo isso para eles, que ficaram me olhando em silêncio.

Eu sabia que não conseguiria curtir de verdade o passeio porque estava preocupado. Era tão mais fácil ignorar a sombra quando ela estava aparecendo só para mim. Não conseguia imaginar do que ela era capaz, mas tinha certeza de que tentaria mais alguma coisa.

Como em todas as outras vezes, eu não tinha um plano concreto, mas achei importante pedir para Nicole e Lucas ficarem atentos e me ajudarem a observar acontecimentos estranhos.

— Parque? — perguntou Lucas. — Com quem você foi?

Limpei a garganta.

— Com o Guilherme.

— Ah — disse ele.

Nicole me deu um meio-sorriso de aprovação.

— Tô preocupado porque a sombra agora parece querer chamar minha atenção justo quando estou perto de outras pessoas — continuei. — Pensei até em não vir hoje.

— Vamos ficar de olho — disse Nicole. — Só pra prevenir.

A manhã estava quente, dando um indício de como seria o resto do dia. O que era bom, pois seria terrível se chovesse justo no dia do passeio. Enquanto íamos em direção à piscina, Lucas perguntou:

— E se a gente *encontrar* a sombra? O que vamos fazer?

— Eu não faço a menor ideia — respondi.

— Não vai dizer que está com medo, Lucas — Nicole olhou para ele. — Estamos em plena luz do dia.

— E isso impede um fantasma de ser assustador?

— Na verdade, impede, sim — disse Nicole. — Mas não se preocupe, seremos tipo os Caça-Fantasmas.

— Só que sem equipamento — completei.

Acabamos indo à piscina. Antes de entrar na água, Nicole deixou o aparelho auditivo com a professora Cássia. Sei que teria me divertido mais se não ficasse olhando para os lados e para o relógio a todo instante. Depois saímos para explorar o lugar, que realmente era muito grande e bonito, com muitas árvores e alguns animais. Tinha até um pavão, que era a grande sensação do hotel-fazenda. Eu nunca tinha visto um pessoalmente e, quando ele abriu as penas da cauda, foi uma das coisas mais bonitas que já presenciei.

No almoço, comemos a galinhada que a escola preparou — sempre era galinhada, em qualquer passeio da escola ou da igreja. A comida estava muito boa, mas o suco artificial estava um pouco doce demais. Foi ótimo poder colocar algo mais consistente no estômago depois de passar a manhã toda comendo besteira. Como precisávamos dar um tempo antes de pular na piscina de novo, fomos para o salão de jogos.

Por sorte, a mesa de pingue-pongue estava vazia. Joguei contra Nicole e perdi feio. Em seguida, fiquei olhando-a jogar uma partida mais equilibrada com Lucas.

— Ei — disse alguém tocando no meu ombro.

Eu levei um susto; estava aflito por causa da sombra e não esperava que Guilherme fosse falar comigo. Mas lá estava ele, com um olhar meio apreensivo, sem camisa e com o cabelo bagunçado.

— Desculpa por segunda — falei baixo, mas sem me importar com quem pudesse ouvir. Os garotos do totó faziam barulho, girando a alavanca e comemorando os gols, e todo mundo estava muito entretido.

Guilherme balançou a cabeça.

— Não, eu é que preciso pedir desculpa. Não devia ter deixado você lá sozinho. Mas fiquei com medo do que César ia falar e de meu pai acabar descobrindo. — Ele sorriu, nervoso. — Acho que meu pai me mataria se soubesse. Confesso que fiquei tão preocupado com isso que até pensei em tentar voltar com a Ana. Mas eu gosto de *você*, Hugo. Muito.

Os olhos dele estavam marejados, como se fossem um oceano de verdades. Eu quis estender minha mão para pegar a dele, ou lhe dar um abraço. Ele baixou a cabeça. Dei um passo para a frente. Só um.

— Ei, eu entendo. Não fiquei chateado. Você não tem noção de como esses últimos meses foram difíceis pra mim e o quanto você tem sido importante. Eu nunca sei se estou fazendo a coisa certa, mas estar com você é algo que sempre me deixa bem.

Nem sei se o que falei fez sentido para ele, mas deve ter feito, porque ele me olhou com menos tristeza. As lágrimas que pareciam prestes a cair desapareceram.

— César foi lá em casa ontem. Ele te falou?

— Não. — Fiquei surpreso.

— Ele queria me tranquilizar, dizer que não vai contar pra ninguém. Depois, brincou, perguntando quais eram minhas intenções com o irmão dele.

Meu rosto ficou quente.

— Só o César mesmo. — Soltei uma risada, me sentindo mais leve.

Guilherme abriu a boca para falar, mas nossa conversa foi interrompida por um grito. Olhei para trás, Lucas estava gritando. Todos no salão de jogos olhavam para ele. Ele estava com o braço suspenso, segurando a raquete. Uma outra mão estava em volta de seu pulso, impossibilitando que ele continuasse a jogar. Apenas uma mão, feita de fumaça preta. Foi muito rápido, mas meu olho estava treinado. Eu pisquei, a mão ganhou todo um corpo de sombra. Pisquei uma segunda vez, e a sombra cobriu o corpo de Lucas. No instante seguinte, ela tinha desaparecido e Lucas caiu estirado, tremendo como se estivesse tendo uma convulsão.

Corri para ajudá-lo. Nicole já estava ao lado dele com uma postura indecisa, sem saber se deveria tocá-lo ou não. Alguns colegas foram chamar os professores. Com os olhos fechados, Lucas ria e chorava ao mesmo tempo que gritava de dor. O que eu ia fazer? O que eu *deveria* fazer?

— Você... Precisa — disse Lucas. Mas não era a voz dele. — Por favor... Eu não... Mais...

Ele começou a se debater com mais força, e precisei segurar a cabeça do meu amigo para que não batesse no chão. Mas, no momento em que toquei em Lucas, ele abriu os olhos. Os dois globos oculares estavam tão escuros quanto a sombra que possuía seu corpo. Ele olhou dentro dos meus olhos, e foi nesse momento que parei de ver o mundo ao meu redor.

CAPÍTULO 50

Foi como acordar sem lembranças de ter ido deitar ou visto a noite chegar, porque, de fato, nunca anoiteceu. Mas tudo ficou escuro, isso sim.

E, quando houve luz outra vez, eu estava de joelhos no chão de um pequeno cemitério no fundo de uma igreja. Não estava ofegante, nem nada do tipo. Só assustado. Não sabia que lugar era aquele. Me levantei, mas antes que pudesse me mexer ou pensar para onde iria, um grupo de pessoas saiu da igreja.

Eles acompanhavam um caixão, cantando uma música católica e segurando velas. O padre ia na frente, seguido por um velho branco acompanhado de uma moça que parecia ser sua filha. Ela chorava bastante, mas o senhor mantinha uma expressão séria. Quatro homens negros carregavam o caixão nos ombros. Todo mundo devia estar muito impactado pelo acontecimento ou concentrado demais para me notar ali em pé, pois ninguém se deu o trabalho de me olhar. Eles passaram direto por mim, seguindo para a cova aberta.

Não queria incomodar aquelas pessoas, mas não podia sair sem destino ou sem ter noção de onde estava. Eu tentava não pensar no fato de que nem sequer sabia *como* fora parar ali. Algo aconteceu quando toquei a sombra dentro de Lucas e ela me olhou nos olhos. Eu só podia torcer para que aquilo não fosse definitivo e que meu amigo estivesse bem.

Me aproximei do grupo, o padre estava falando sobre vida e morte. Chamei uma das senhoras que estava mais atrás. Ela chorava baixinho, segurando uma vela.

— Senhora, com licença — murmurei.

Ela continuou na mesma posição e começou a rezar o pai-nosso com o restante.

Eu estava agoniado demais para esperar, queria me informar sobre como voltar para o hotel-fazenda ou para casa. Chamei a senhora de novo, mas ela continuou me ignorando. Então, me aproximei de outra mulher que estava perto. Essa segunda parecia menos concentrada na oração.

— Desculpa, mas será que...

Enquanto falava, coloquei a mão no ombro dela. Ou melhor, *tentei* colocar a mão no ombro dela. Minha mão atravessou a carne e os ossos dela como se seu corpo fosse feito de água. Recolhi a mão, assustado.

— Senhora? — perguntei um pouco mais alto. Nada.

Não era possível que me ignorassem daquele jeito. Caminhei entre as pessoas, falando com elas, me colocando diante do rosto de algumas, mas não adiantou. Quando tentei tocar em mais pessoas, entendi que eu era o problema. Minha mão passava direto por todo mundo. Era como se eu fosse feito de ar, não sei. Algo inconsistente. Como se eu não tivesse... corpo.

Então eu gritei. Sem dizer uma palavra específica, foi só um grito. Nem sei se foi para tentar chamar a atenção deles, ou para expressar minha aflição, ou um pouco dos dois. Minha garganta não doeu porque eu não tinha garganta. Minha voz não foi ouvida porque eu não tinha voz. Ninguém moveu um músculo em minha direção. Todo mundo continuou observando o caixão sendo colocado na cova.

Gritei de novo, mais forte dessa vez, de total frustração, mas foi um grito tão ineficaz quanto o anterior. Porém algo aconteceu. Um dos rapazes negros que tinha terminado de descer o caixão olhou na minha direção por um instante, arregalou os olhos e depois balançou a cabeça, como se quisesse afastar algo da mente. *Me* afastar de sua mente. Em seguida, ele olhou para a área ao meu redor, como se me procurasse e fosse incapaz de encontrar.

Fui para perto do rapaz. Não só por ele ter sido o único que demonstrou ter me visto, mesmo que por dois segundos, mas porque também senti que precisava acompanhá-lo. Era só um sentimento, uma força que me puxava para ele, que havia me visto.

Quando o enterro terminou, o sol estava se pondo, as pessoas começaram a cumprimentar o velho e a garota antes de irem embora. Também havia uma senhora com eles, então supus que os três deviam ser a família da defunta. Só a moça chorava, os mais velhos pareciam incapazes de derramar lágrimas, apesar de a senhora segurar um lencinho e ficar assoando o nariz quando alguém falava com eles.

Quando todos terminaram de se afastar da família, inclusive o padre, o velho olhou para o rapaz que me viu e disse:

— Manuel, vamos. Os outros já podem ir.

Com "os outros" ele se referiu aos demais rapazes negros, que logo foram saindo do cemitério.

O velho, que, apesar de eu pensar nele assim, devia ter uns cinquenta e poucos anos, segurou o ombro da garota.

— Bianca, minha filha, precisamos ir.

A senhora segurou a mão de Bianca e foi guiando a garota.

— Sentirei tanta falta dela — disse soluçando.

— Não se preocupe, meu anjo — disse a senhora. Ela, sim, parecia velha, com no mínimo setenta anos. Devia ser a avó de Bianca. — Eu e seu pai cuidaremos de você.

Manuel se adiantou e já estava na charrete. Nunca tinha visto um transporte daquele em Pedra Redonda ou em qualquer lugar fora da televisão; parecia ter saído de um filme de época. A família entrou na parte fechada e eu subi na parte da frente, me sentando ao lado de Manuel, que segurava as rédeas dos cavalos.

No caminho, observei como a cidade era minúscula. A maior parte das casas e lojas ficavam ao redor da igreja. Depois, seguimos por uma estrada de chão no meio do mato. Deixamos algumas entradas para trás até Manuel virar em uma delas, na qual havia uma placa: FAZENDA MESTRE D'ARMAS.

Aquilo fez com que eu decidisse prestar ainda mais atenção, já compreendendo melhor o que estava acontecendo. Mas era surreal demais, até para mim.

Seguimos mais um tempo por uma estrada de chão, essa mais estreita, até chegarmos a uma fazenda. A área era grande e possuía uma mansão com estilo colonial bem no centro, onde a charrete parou; em volta dela havia plantações, criação de animais e construções menores.

Manuel se adiantou para ajudar Bianca e a avó a descerem. Bianca olhou para ele, murmurou um "obrigada" quando passou, e as duas foram para dentro da casa. O homem, ao descer da charrete, segurou o ombro de Manuel até ter certeza de que a filha e a senhora não podiam mais vê-los. Com um movimento brusco, ele encostou o rapaz na charrete e disse:

— Não avisarei de novo. Se Bianca souber do que aconteceu de fato, quem sofrerá as consequências será você.

— Sim, senhor Álvaro — murmurou Manuel.

Álvaro se afastou, pisando forte e indo em direção à casa. Manuel não me olhou de novo em momento algum, tudo o que fez foi tirar os dois cavalos da charrete e levá-los ao estábulo.

CAPÍTULO 51

Ainda assimilando o que estava acontecendo, parei de me preocupar em tentar voltar para casa, pois sabia que não era uma questão de *onde* eu estava, mas de *quando*. Se apareci ali do nada, era de se esperar que eu fosse embora da mesma forma. Retornar não dependeria da minha vontade. A noite caiu e segui Manuel até uma casinha de pau a pique que ficava atrás dos estábulos e distante de todo o resto da fazenda.

Assim que entramos, passamos por um pequeno espelho na parede. Parei e quase me assustei com o que vi refletido. Olhando para mim estava a sombra, sem rosto. Virei a cabeça para o lado, a sombra também virou; me aproximei do espelho, a sombra fez o mesmo. Olhei para baixo, meus braços e todo o resto do corpo eram os mesmos, pelo menos da minha perspectiva, mas no reflexo do espelho eu era feito de sombra.

Eu havia me transformado no meu próprio fantasma.

Não sabia se aquilo era definitivo, mas tentei não pensar nisso para não entrar em desespero. Precisava me concentrar em descobrir o que pudesse.

A casa de Manuel era um lugar muito pequeno e quase sem móveis. Ele a dividia com uma mulher que, aos poucos, entendi ser sua mãe. Os dois eram muito parecidos, desde o cabelo crespo até o jeito de andar. Ela preparou janta para os dois com a pouca comida que tinham. Não conversaram muito, mas falaram sobre o enterro, sobre o trabalho na fazenda e sobre o pai de Manuel, que viajara recentemente e não dera mais notícia.

Eles não demoraram a ir dormir, mas, para mim, a noite foi longa. Não consegui pregar os olhos, não senti sono ou cansaço. Sentei em um canto do chão e esperei o dia amanhecer. Também não senti fome. Era como se eu nem existisse. Eu era só uma sombra encolhida no canto.

Na manhã seguinte, Manuel e a mãe começaram a trabalhar bem cedo. Ele cuidando dos animais e das plantações, ela cozinhando e limpando a casa de Álvaro. Parecia que só os dois lidavam com tudo. Ao longo do dia, eu veria que eles mal paravam para comer. Os patrões chamavam os dois a todo instante para pedir algo, principalmente a avó de Bianca.

A garota devia ter uns vinte anos, e era a única que demonstrava estar sentindo a morte da mãe. Álvaro e a senhora tocaram o dia normalmente, mas Bianca ficava a maior parte do tempo em seu quarto, chorando e olhando um velho retrato da falecida.

Andei pela fazenda observando tudo. Devia haver algum motivo para eu estar ali, além do nome da fazenda, é claro. Em determinado momento, Álvaro estava lendo o jornal do dia, que tinha sido entregue pela manhã. Me aproximei para olhar a data: 1901.

Mesmo sabendo que estava no passado, não consegui evitar me surpreender ao ver o ano. Viajara no tempo sem uma máquina, sendo transportado por alguma força inexplicável. Eu não existia ali, ainda demoraria quase noventa anos até que eu nascesse. E se eu ficasse preso naquela forma e naquele tempo para sempre?

Na tarde do dia seguinte, algo importante aconteceu. Um homem apareceu na fazenda perguntando por Álvaro.

— O senhor é o Mestre d'Armas? — perguntou o recém-chegado quando foi recebido na sala de estar.

— Muitos me chamam assim — respondeu Álvaro. — Mas esse era o título de meu pai e desta fazenda, que ele construiu.

— Tenho algo que pode interessar.

— E o que seria? — perguntou Álvaro.

O visitante retirou um pacote de uma bolsa. Era um embrulho. Aos poucos ele desenrolou o pano e revelou o objeto de metal que colocou na mesinha de centro. Era a arma, porém sem o aspecto envelhecido que eu conhecia. Prendi a respiração, esquecendo que respirar era algo que não fazia mais.

— Onde você conseguiu? — perguntou Álvaro, se adiantando para pegar a arma.

— Eu tenho meus métodos — gabou-se o visitante. — E, sim, estou dando preferência para o senhor, porque soube que está disposto a pagar o valor que ela merece.

— Agradeço por isso — disse Álvaro, erguendo a arma contra a luz e olhando dentro do cano. — Sei que muitos estão procurando esta belezinha. — Ele abriu o tambor. — Sem munições?

— Infelizmente, sim. Mas creio que isso não diminui o valor da peça.

— Hum, de fato é algo que posso resolver. Mas acho que isso merece um desconto.

Eles passaram os próximos minutos conversando e definindo o valor da arma até fecharem negócio. Álvaro retirou de um cofre uma boa quantidade de réis que eu não fazia a menor noção de quanto valeria em reais no século 21. Com o dinheiro em mãos e se preparando para ir embora, o visitante lançou um último olhar para a arma na mesinha de centro e perguntou:

— Ela é mesmo capaz de controlar o tempo?

— É o que vou descobrir — respondeu o Mestre d'Armas.

CAPÍTULO 52

Comecei a ficar mais preocupado por ainda não ter retornado para minha época. Álvaro, depois de adquirir a arma, ficava a maior parte dos dias trancado em seu porão — um espaço bem peculiar. Lá dentro, ele mantinha uma forja e várias outras ferramentas para a fabricação de armas, mas também uma boa quantidade de livros antigos e frascos com ingredientes que eu não conhecia. Durante uma semana ele ficou com a cara enfiada nos livros, lendo e procurando uma forma de fazer a arma funcionar. Criou várias munições, mas nenhuma delas levava ao que ele queria. O bom era que Álvaro tinha mania de falar sozinho enquanto fazia seus testes, só assim eu soube o que ele pensava e quais eram seus objetivos.

Ele acreditava que a arma era capaz de alterar e controlar o tempo. Entendi que ele estava falando de abrir fendas no espaço-tempo, mesmo que esse não fosse um conceito conhecido por ele. Álvaro estava obcecado, esquecendo inclusive de se alimentar direito.

Enquanto isso, Bianca continuava desamparada pela morte da mãe. E, com a ausência do pai, ela começou a andar pela fazenda, procurando por Manuel. A princípio para conversar e vê-lo trabalhar. Ela exalava um ar de melancolia por onde passava, mas Manuel parecia animá-la. Um dia, vi os dois se beijando, ou melhor, o início de um beijo. Não sei qual dos dois tomou iniciativa, mas, quando cheguei, vi Manuel afastando Bianca, sem empurrá-la. O problema é que o Mestre d'Armas estava por perto e presenciou a cena. Ele parou ao lado da filha, encarou Manuel e começou a gritar com o rapaz. Nunca vi tanta fúria em um olhar.

— Senhor, eu... — Manuel tentou dizer.

Álvaro não quis ouvir, estava muito certo do que vira e de qual deveria ser a punição. Bianca ficou em silêncio, com visível medo do pai.

O que aconteceu em seguida foi a crueldade mais terrível que já presenciei. Algo que desejaria esquecer, mas que ficaria gravado em minha memória. Eu sabia que punições físicas eram comuns nessa época, mas uma coisa era saber disso por meio de livros, outra era ver o ato acontecer. Preferi sair de perto para não continuar assistindo, não poder ajudar Manuel era revoltante. Depois que Álvaro terminou o que fez, ainda levou o rapaz para o porão da casa. Lá, ele foi amarrado, permanecendo assim enquanto o armeiro trabalhava, dessa vez com um novo objetivo para o revólver.

Manuel já estava fraco devidos aos ferimentos, e ficar três dias sem comer e beber água o deixou ainda mais debilitado. Ele virou uma espécie de moribundo, e tudo o que podia fazer era ver Álvaro cada vez mais próximo de domar a arma. O Mestre d'Armas a todo instante falava sobre o andamento do seu projeto, querendo que Manuel soubesse de cada etapa.

— Estou quase conseguindo, Manuel. Espero que você seja paciente. Não morra ainda. É inacreditável como pessoas iguais a você são ingratas. Depois de tudo o que fizemos por sua família... Você é igualzinho ao seu pai. Mas você se arrependerá do que fez. Eu já estava querendo me livrar de você, agora tenho mais um motivo.

Uma das últimas coisas que Álvaro fez foi talhar no cabo da arma as letras "M" e "A". Algumas horas depois, ele deu um grito de alegria quando testou uma das munições na parede e ela retornou para o tambor. Naquela mesma noite, o Mestre d'Armas arrastou Manuel para fora da casa e o levou de charrete para um lugar afastado. Eles andaram por vários minutos por estradas sem iluminação, até chegarem em uma grande pedra de formato arredondado que ficava no meio do mato. Eu *conhecia* aquele lugar, a pedra continuava no mesmo lugar, apesar de os arredores estarem diferentes na minha época.

Álvaro colocou Manuel sentado no chão e encostado na pedra. O rapaz já estava praticamente morto.

— Com esse tipo de feitiço, Manuel, sempre temos que dar algo em troca — disse Álvaro. — Sua dor não pode ser eterna se não houver outros para senti-la. Mas não posso fazer isso com pessoas inocentes, então garanti que só gente da sua laia será afetada. Você morrerá hoje, mas os próximos não. Sempre haverá alguém para manter o feitiço, porque a única forma de se livrar será passando adiante. A sua dor será a deles, a dor deles será a sua. Tudo tornando o tempo estático.

Manuel estava muito fraco para tentar levantar ou mesmo implorar.

— Você nunca será livre. Sabe por quê? Ninguém jamais saberá que para quebrar o feitiço é preciso fazer o mesmo ritual com o qual irei te aprisionar. Por mais que eu lamente não poder falar sobre essa proeza que realizei, não deixarei registros. Não contarei a ninguém, assim como você não contou para Bianca o que fiz com a mãe dela. O feitiço será eterno, porque estará selado pelo esquecimento.

Ao terminar de falar, Álvaro usou seu sangue para desenhar alguns símbolos na pedra atrás de Manuel, formando um círculo vertical ao redor do rapaz que logo criaria um ciclo atemporal. Depois, fez um último símbolo no revólver. O Mestre d'Armas não recitou nenhuma palavra mágica ou frase ritualística, os símbolos e a arma eram suficientes.

Ele apontou a arma para o rosto de Manuel e atirou.

CAPÍTULO 53

Tudo se tornou vazio por milésimos de segundo que duraram uma eternidade. O tempo deixou de existir. Eu não sabia onde estava e não havia referências espaciais que me ajudassem a me situar. Sem chão, sem céu, sem início ou fim de qualquer coisa. Havia apenas minha mente em um corpo que também não existia. Nem mesmo esses pensamentos surgiram naquele instante, eles nasceram depois, quando recobrei a consciência e pude ter uma percepção melhor.

Quando voltei a enxergar, estava atrás de um Álvaro que abaixava a arma após atirar em outro homem negro. Não soube quando tempo se passou desde que ele matara Manuel, mas ele não estava por perto. Álvaro levou o corpo até uma estrada perto de uma plantação, onde também deixou a arma.

Tentei me mexer, mas não consegui. Olhei para baixo e dessa vez não vi meu corpo, mas um tronco e membros feitos de sombra esfumaçada. Involuntariamente, dei dois passos e fiquei encarando o homem morto, tentando entender por que eu estava ali. Tentando entender tudo. Num movimento inconsciente, olhei em volta. Naquela mente, que aos poucos compreenderia não ser minha, ouvia não apenas meus pensamentos, mas também os de Manuel. Ou melhor... os pensamentos do fantasma que ele havia se tornado.

Se antes eu virara um corpo fantasmagórico acompanhando a sombra em seus últimos dias de vida, naquele momento estava preso dentro dela. Era parte daquela existência sem vida na qual Manuel fora transformado. Apenas um observador, sem controle dos próprios movimentos. Permaneci parado dentro dele enquanto ele olhava o homem morto. Em algum lugar daquela mente conturbada que procurava dar significado ao que ele próprio era, percebi que eu acessava muito mais suas sensações do que seus pensamentos. Minha percepção dali em diante foi pautada em sentir o que Manuel desejava me mostrar.

Não havia relógio, mas passamos 23 minutos ao lado daquele corpo momentaneamente sem vida. O homem de quem não sabíamos o nome acordou assustado e se levantou limpando a terra da roupa. Viu a arma perto da poça formada por seu sangue e se curvou para pegá-la. Tirou a camiseta e embrulhou o revólver nela. Seguiu pela estrada de terra olhando a todo instante para trás e para os lados, com receio de que alguém aparecesse. Em momento algum reparou no fantasma duplamente consciente caminhando ao seu lado. Se podia nos ver, não demonstrou.

Era estranho: a sombra sentia o que o homem estava sentindo e eu sentia o que a sombra sentia. Estávamos conectados por aquela maldição cíclica.

E, então, Manuel me levou para outro lugar. Uma cidade. Não houve passagem. Simplesmente estávamos naquela estrada e no instante seguinte corríamos ao lado de uma mulher de cabelo crespo volumoso. Ela segurava a barra do vestido e a arma ao mesmo tempo enquanto avançava, ofegante, pela noite, passando por becos e ruas vazias até entrar em uma casa. Bateu a porta e a fechou com pressa ao entrar. A sala era simples, e julgando pelo modelo do televisor e da vitrola que havia em um canto, parecia ser a década de 1960.

— Merda, merda! O que vou fazer agora? — a mulher começou a falar sozinha. — Eu morri? Não... eu...

Uma outra mulher apareceu na sala, provavelmente atraída pelo barulho da que entrou. Essa era mais velha e usava um roupão.

— Raquel? — Então ela reparou no vestido. — Minha filha, de quem é esse sangue?

Sentimos o desespero de Raquel preso na garganta conforme ela procurava palavras para explicar, mas o choro transformava tudo em silêncio. A mãe se aproximou para abraçar a filha, e a cena foi se dissolvendo.

Chegamos a um hospital. Os médicos tentavam animar um homem estirado na maca com um ferimento no peito nu. Fizeram o possível, mas logo perceberam que era tarde demais. Para completar, receberam o chamado de outra emergência, e isso fez com que todos os profissionais deixassem a sala de cirurgia. O corpo ficou ali, solitário e sem vida. Apesar de estar bem mais jovem do que o senhor com o qual conversei, reconheci Vinícius.

Alguns minutos se passaram e o ferimento dele começou a fechar. Ele acordou tossindo e olhou para os lados, confuso. Quase caiu quando desceu da maca e escorregou. Recuperando o equilíbrio, seu único pensamento era o de sair dali o quanto antes, pois tinha certeza de que havia morrido e não sabia como explicar aquela ressureição. Cambaleou até a porta que, ao ser aberta, nos levou a um matagal, em vez de ao corredor do hospital, como era esperado.

Um garoto de no máximo doze anos apontava a arma para uma mulher. Eles estavam sozinhos e os únicos sons que se ouvia era do vento balançando a vegetação e de um córrego perto. Era o meio da tarde e o sol quente fazia os dois suarem, principalmente o garoto, que tremia.

— Eu não quero fazer isso, Lu. Por favor.

— Você é meu irmão, Igor. Não vou deixar isso contigo. Prometo que é só por um tempo, vou passar pra outra pessoa.

Mesmo assim, ele continuou hesitando.

— Anda logo, é só apertar.

A cena me fez lembrar de quando César me devolveu a maldição. Igor fechou os olhos, respirou fundo e apertou o gatilho. Em seguida, a mesma mulher estava sentada à uma mesa, dentro de uma casa simples. Do lado oposto, um homem branco fazia anotações em uma caderneta. A mulher aproveitava o silêncio para beber o café de uma xícara. Havia outra xícara perto do homem, mas parecia intocada. Fiquei de pé atrás dele.

— Obrigado por me receber, Luana. Sua história é realmente impressionante.

— Quando o livro vai ser publicado? — perguntou ela.

— Ainda não sei, tenho que coletar outros relatos e depois vem o trabalho de transformar tudo em histórias. Mas vou mandar uma cópia pra você.

— Ninguém vai saber que fui eu que contei essa história, né? — Ela queria ter certeza.

— Não, vou usar um nome falso — garantiu ele. — Que tal... Sarah?

— Tanto faz. Só não quero ninguém vindo me perturbar.

— Eu compreendo. — O homem fechou a caderneta e começou a guardar suas coisas em uma pasta de couro — Você nunca mais viu esse fantasma?

— Não... — Ela ergueu a cabeça e olhou diretamente para mim. — Faz um tempo que ele não aparece.

Acompanhávamos fragmentos, mas cada situação me deixava mais triste e com raiva. De alguma forma, eu sabia que aquelas pessoas não eram todas as que foram amaldiçoadas. Comecei a desejar o fim das visões quando me vi parado em uma rua vazia. Demorei a perceber onde estava, aquela viagem me levara para muito longe e não imaginei que fosse acabar chegando perto da minha casa.

Um rapaz se escondia atrás de um poste sem luz, o único trecho escuro. Ele esperava balançando a perna, tamanho era seu nervosismo. Apesar de focar a parte de baixo da rua, também olhava para a outra direção. Senti o desconforto da espera, ele só queria que alguém aparecesse logo. Qualquer pessoa.

Então vimos outro rapaz subindo de bicicleta, acelerando as pedaladas para atravessar o trecho escuro. O rapaz saiu detrás do poste, pegou a arma que guardava no cós da calça e apontou para o recém-chegado. De tudo o que me acontecera desde o dia da minha primeira morte, certamente a coisa mais estranha foi rever a cena de outro ângulo. Apertei o freio da bicicleta e quase caí. Eu respirava com força, pensando em fugir.

— Desce da bicicleta!

— Por favor, calma...

Tentei pedir, mas o tiro veio em seguida, atingindo um ponto entre meu peito e meu ombro. Caí para trás com o impacto do tiro ao mesmo tempo que assistia tudo em pé logo atrás do meu assassino.

No chão, tentei me mexer, mas estava sem forças. Um tempo curto passou e o rapaz deu alguns passos para a frente. Me aproximei dele e do meu corpo agonizando.

— Merda! — soltou o rapaz me olhando. — Morre logo.

Ainda tentei falar, mas o rapaz me interrompeu:

— Foi mal, mas eu preciso terminar logo com isso. Depois é só matar alguém.

Ele apontou a arma para mim de novo. Dessa vez, mais perto, mirando bem no rosto. Se meu eu observador-fantasma pudesse, teria prendido a respiração.

O segundo tiro.

CAPÍTULO 54

Com a minha morte, tudo ficou escuro. Em seguida, percebi minha respiração retornar ao mesmo tempo que voltei a ver o salão de jogos. Que bom que eu já estava ajoelhado no chão, ao lado de Lucas, ou teria caído por causa da tontura. Meu amigo tremeu uma última vez, seus olhos voltando a ter a cor de sempre, abandonando a escuridão enfumaçada. Ele estava inconsciente, todos olhando para a cena sem entender o que tinha acontecido. Para eles, tudo não durou mais que alguns minutos. Para mim, foram quase duas semanas em 1901 e uma sequência de memórias ao longo do último século.

Olhei ao redor. Nenhum sinal de Manuel — eu não precisava mais chamá-lo de sombra ou fantasma, pois sabia seu nome. Ele desapareceu, demonstrando que não queria fazer mal a Lucas. Talvez seu plano, desde o início, fosse exatamente me mostrar o que vivenciei. Eu não sabia se ele tinha consciência de como provocar nossa conexão ou se ela aconteceu por acaso, mas, no fim, não fazia diferença conhecer a motivação, o importante eram as informações que consegui.

Eu sabia como quebrar a maldição. Apesar de tudo o que vi após a morte de Manuel, os símbolos do feitiço ainda estavam frescos em minha mente. E era menos complicado do que imaginara.

Bom, em teoria.

Levantei, deixando Nicole sozinha com Lucas. Alguns professores apareceram, avisando ter chamado uma ambulância, mas precisaríamos esperar alguns minutos. Passei por Guilherme como um foguete. É claro que eu estava preocupado com Lucas, mas ele não estava sozinho e não havia nada que pudesse fazer para ajudá-lo naquele momento.

— Onde você tá indo? — perguntou Guilherme, começando a me seguir.

Não respondi e praticamente corri até a recepção.

— Moço, eu preciso de papel e caneta! — pedi, esbaforido.

— Quê?

— Um pedaço de papel e uma caneta — repeti, quase falando um palavrão. — Por favor.

O recepcionista me entregou um bloquinho de anotação com a marca d'água do hotel-fazenda e uma caneta azul. Fui para a ponta do balcão e senti Guilherme colado no meu ombro.

— O que você tá fazendo?

Não tive tempo de responder ou pedir para que não olhasse, precisava me concentrar e desenhar tudo antes que esquecesse. Comecei a rabiscar o bloquinho, tentando reproduzir da forma mais fiel possível os símbolos que vi o Mestre d'Armas marcar na pedra. Quando terminei, destaquei a folha desenhada, devolvi o bloquinho e a caneta para o recepcionista e respirei com mais calma. Olhei para minha cópia dos símbolos. Aquilo teria de servir, só esperava que minha memória não tivesse falhado. Aqueles símbolos eram minha passagem para a liberdade. Fiquei olhando para os desenhos enquanto voltava para o salão de jogos, conferindo ao mesmo tempo que tentava decorá-los. Seria bom tentar tê-los na memória caso acontecesse algo com o papel.

— Hugo, que parada é essa que você desenhou?

Olhei para Guilherme e dobrei o papel de forma que coubesse na palma da minha mão. Guardar na bermuda não seria bom, a sunga que eu usava por debaixo dela ainda estava meio molhada da piscina de mais cedo.

— Agora não, depois eu te conto.

Acho que Guilherme só não insistiu porque no momento em que chegamos ao salão de jogos, Lucas estava sendo atendido pelos paramédicos. Ele já estava acordado, mas ainda o mantinham deitado.

— Onde você tava? — Nicole quis saber quando me viu.

Fui com ela para um ponto mais afastado de todos.

— Eu descobri, Nicole. Eu *vi* como desfazer a maldição — murmurei. — Quando toquei em Lucas, entrei em uma espécie de transe. Foi como viajar no tempo. Eu vi as memórias da sombra... Manuel, é o nome dele. Ele foi o primeiro a sofrer com a maldição. Eu vi a arma sendo modificada, vi ele morrendo, mas também vi como o feitiço foi feito. Fiquei lá alguns dias e depois vi outras pessoas que foram afetadas pela maldição até chegar na minha primeira morte...

— Ei, ei! Pera aí! — pediu Nicole. — Como assim viagem no tempo? *Dias?* Você não saiu de perto de mim.

— Não sei explicar. Talvez tenha sido um sonho, mas foi tão real. Aqui, olha.

Mostrei os desenhos para Nicole. Eu podia sentir o olhar de Guilherme na nossa direção.

— A arma consegue modificar o tempo — continuei. — E esses símbolos são mágicos. São as chaves que prenderam Manuel na maldição. Eu vou explicar tudo com calma pra você e pro Lucas quando ele estiver melhor. Mas é isso. Agora sei o que fazer.

A expressão de Nicole era de atordoamento, não só pela possessão e o surto de Lucas, mas pelo tanto de informação que despejei. Aprendi tudo de forma gradual, vendo inclusive o conteúdo de alguns livros com símbolos que o Mestre d'Armas leu. Mas, para Nicole, nem um segundo se passou, então eu precisava ir com calma. Por isso não entrei em mais detalhes da história.

De repente, eu tinha tudo. Uma solução. Era até difícil de acreditar.

CAPÍTULO 55

Lucas não precisou ir ao hospital, só lhe foi recomendado repouso pelo resto do dia. Ele queria continuar no passeio, mas os professores insistiram que ele deveria voltar para casa. Contrariado, Lucas aceitou e só ficou mais tranquilo quando Nicole e eu pedimos para ir embora com ele. Os professores concordaram e nós três entramos no carro da professora Cássia, que havia chegado mais cedo e por isso não nos acompanhou no ônibus. O passeio estava acabado para nós. Principalmente para mim, que não conseguia parar de pensar no feitiço de reversão. Eu queria fazê-lo ainda naquela noite, o mais breve possível. Era o momento de colocar um ponto-final naquele ciclo.

A professora nos levou até a casa de Lucas e insistiu para conversar com a mãe dele e contar exatamente o que tinha acontecido, ou melhor, a explicação que podia dar. Talvez desconfiasse que amenizaríamos a situação, afinal era o que Lucas não parava de fazer a todo instante.

Enquanto elas conversavam, fomos para o quarto de Lucas. No corredor, passamos por algumas caixas de papelão, o que achei estranho.

— São coisas do meu pai. Ele tá saindo de casa — explicou Lucas. — Tava esperando acontecer de verdade pra contar pra vocês.

Ele não parecia triste. Na verdade, já me dissera em outras ocasiões o quanto queria aquilo. E, considerando tudo que ocorrera no último ano com aquela família, a mudança seria melhor para todos.

Sozinhos, consegui deixá-lo por dentro da situação, contando a mesma versão resumida que contei para Nicole sobre minha visita ao passado.

— E nós vamos fazer isso hoje à noite — eu disse, concluindo. — Não quero perder mais tempo.

— Hoje? — perguntou Lucas. Nicole também arregalou os olhos. — O que vou dizer pra minha mãe? Ela não vai me deixar sair.

— Não se preocupe, você pode ficar aqui descansando. Sério. Vou pedir pro César levar a gente de carro até a pedra. Nicole, você topa? Vou precisar da sua ajuda.

— Claro que sim, mas... — hesitou ela. — Hugo, tem certeza de que isso vai dar certo?

— Tenho, sim, Nicole. Eu estava lá.

— Tudo bem, acredito em você.

— Eu também quero ir — disse Lucas.

A mãe dele entrou no quarto naquele momento.

— Tá vendo? Eu sabia. Você não vai a lugar algum, Lucas. Pode tratar de tomar banho e ir descansar. E vocês dois, é melhor voltarem amanhã.

Não nos restava alternativa a não ser deixar Lucas. Eu mexi a boca dizendo "desculpa", antes de virar as costas para ele. Só esperava que entendesse meu lado. Eu não podia, nem queria, demorar mais para me livrar daquilo.

A tarde estava quase chegando ao fim, mas ainda era cedo o bastante para César não ter ido trabalhar. Eu precisava falar com ele, o plano só funcionaria com a ajuda dele. Nicole não se despediu de imediato, ela me acompanhou até minha casa. Como não tinha mais ninguém por perto, podíamos conversar sobre o feitiço e tudo o que vi no passado. Ela tinha muitas perguntas, e respondê-las me ajudou a aprimorar minhas conclusões.

Quando chegamos em casa, ela decidiu não entrar, disse que iria se preparar para mais tarde.

— Eu te aviso pelo MSN quando estivermos saindo daqui. Talvez seja tarde.

— Sem problema — respondeu Nicole —, dou um jeito.

Entrei em casa e, quando passei por minha mãe, ela estranhou o fato de eu ter chegado mais cedo do passeio.

— O Lucas passou mal e teve que vir embora, aí Nicole e eu decidimos voltar com ele.

— Nossa, ele tá bem? — perguntou minha mãe.

— Sim, não precisa se preocupar.

Fui direto à procura de César, que se arrumava para sair um pouco mais cedo. No meu rosto, ele percebeu a urgência.

— O que aconteceu? — perguntou, passando perfume e em seguida vestindo uma camiseta. — Ouvi você falando que Lucas passou mal.

— Sim, e tem mais coisa.

Contei tudo para ele, que ouviu atentamente.

— Então é isso? Você só precisa desenhar os símbolos no lugar onde o fantasma morreu e matá-lo de novo?

— Sim.

— Você confia nesse sonho?

Eu entendia que, pela seriedade e importância da resolução, alguns questionamentos deveriam ser levantados, mas o tom, tanto de César quanto de Nicole, carregava uma incredulidade que colocava minha sanidade à prova. Como se minha experiência não fosse confiável.

— Não foi um sonho, eu estive lá.

— Bom, ok. Não tô duvidando de você — disse ele. — Vamos precisar do carro e inventar alguma história pra mãe. Talvez dizer que vamos sair pra lanchar, como da outra vez.

— Obrigado, de verdade. Eu não conseguiria fazer isso sozinho.

CAPÍTULO 56

César faltou ao trabalho sem nem se preocupar em avisar. Ele me disse que quebrar a maldição era a coisa mais importante, o resto se resolveria. Nosso pai estava trabalhando, e, para nossa mãe, ele disse que um colega do trabalho pediu para trocar a folga, por isso ele não iria trabalhar naquela noite. Para justificar nossa saída e a necessidade de usar o carro, dissemos que iríamos jogar videogame na casa de um amigo de César e jantaríamos por lá.

Eu mal via a hora de encerrar aquela temporada de mentiras. Mas, para isso, aquelas últimas eram necessárias.

César entrou no carro e eu abri o portão com alguns empurrões.

— Hugo! — Ouvi uma voz me chamando enquanto o carro saía da garagem de ré.

— Lucas? O que você está fazendo aqui?

Ele estava escondido atrás da árvore da vizinha. Lucas se aproximou de mim depois que fechei o portão. César endireitava o carro na frente da casa.

— Esperando vocês. Não chamei no portão porque vi que o carro tava aqui e não sabia o que você tinha inventado pra sair.

— E você ficou aqui por quanto tempo? — perguntei.

— Quase uma hora — respondeu ele.

— Você é doido.

— Não perderia isso por nada.

— Espero que você esteja melhor mesmo. — Abri a porta do passageiro e puxei o banco para Lucas se sentar atrás, já que o carro só tinha duas portas.

— Cem por cento — garantiu Lucas, abaixando a cabeça para entrar no carro. — Só doeu na hora. Foi muito estranho.

Coloquei o banco na posição original, sentei e fechei a porta.

— Podemos ir? — perguntou César.

— Sim — respondi, entregando minha mochila para Lucas colocá-la na parte de trás.

— O que tem aqui? — perguntou ele.

— Tudo o que a gente precisa — respondi.

Estávamos levando uma chave de fenda, uma lanterna, uma faca e o revólver. Aquela arma fora o início de tudo, servindo de instrumento, motivação e manutenção. Construiu uma prisão atemporal para Manuel e outros que tinham a pele parecida com a minha. Ela conheceu todas as vítimas. Eu só poderia torcer para que aquele fosse o fim.

César seguiu pelas ruas de dentro das quadras, evitando as mais movimentadas, afinal estávamos com uma arma no carro. Fomos até a casa de Nicole. Ela nos esperava na frente, segurando uma lanterna. Saí e puxei o banco outra vez; ela não demorou a entrar.

— Consegui mais uma lanterna — disse ela.

— Vai ajudar bastante — falei.

Era uma noite clara, mas precisaríamos das lanternas quando chegássemos à área onde ficava a pedra.

— Eu poderia ter trazido algo pra ajudar, se não tivessem tentado me excluir — comentou Lucas.

— Deixa de drama, Lucas — disse Nicole. — Ninguém tava te excluindo, você passou mal.

— Eu não passei mal, fui possuído. Pelo fantasma que vamos destruir hoje, então tenho todo o direito de participar.

— Então que bom que você conseguiu vir... — falou Nicole. — Espera, o que você falou pra sua mãe?

— Nada. Eu disse que ia dormir mais cedo, que estava cansado — contou Lucas. — Aí pedi para ela não me acordar e saí pela janela.

Nicole começou a falar sobre como aquilo era arriscado e sobre as chances de a mãe dele entrar no quarto a qualquer momento, mas eu parei de prestar atenção. Estava muito nervoso, e o frio na barriga aumentava conforme nos aproximávamos do lugar. Meus pensamentos estavam longe do carro. Longe do rap que César deixara tocando baixinho. Longe até da noite. Eu ficava repassando mentalmente todas as cenas que tinha visto na viagem ao passado. Ainda era cedo, por volta das 20 horas. Se tudo desse certo, eu voltaria para casa e a morte não estaria me esperando às 23h29. Eu não queria nem pensar no que faria se desse errado, ou melhor, como me sentiria diante do fracasso.

CAPÍTULO 57

O prefeito anterior de Pedra Redonda tentara de tudo para tornar a pedra peculiar que dava nome à cidade algo atrativo para os turistas, que vinham por causa das cachoeiras que havia na região. Já o atual, que estava no segundo mandato, decidiu focar a economia da cidade em shows e, por mais estranho que a combinação pareça, eventos religiosos.

Mas eu agradeci o fato de a grande pedra de ponta arredondada estar esquecida, pois não encontramos ninguém no caminho. Não dava para ir de carro até lá, foi preciso pegar uma trilha, que nos levou a uma área mais aberta. No centro dela, estava a pedra, como se quisesse reinar, como se soubesse que era uma das coisas mais antigas da cidade.

César levava uma das lanternas e Nicole, a outra. Eu carregava a mochila e olhava para todos os lados, iluminados ou não pela lanterna, com receio de encontrar alguém que pudesse nos atrapalhar. Toquei a pedra, que era maior do que nós quatro. Em sua superfície, pichações e riscos de caneta hidrográfica destoavam da pedra limpa que vi no passado. Eu estava pronto para colocar minha marca ali: um grafite de sangue.

Olhei para meu irmão e meus amigos, a luz vinha deles em minha direção, iluminando também a pedra. Agradeci mentalmente por eles estarem ali; isso fazia com que eu sentisse menos medo.

— Pronto? — perguntou César, me encorajando.

Afirmei com a cabeça.

Coloquei o revólver no cós da calça e Lucas me entregou a faca. A chave de fenda era o plano B. Se Manuel não aparecesse quando eu o chamasse, ameaçaria abrir a arma de novo, na esperança de que isso conquistasse sua atenção. Mas, de alguma forma, eu já o sentia à espreita, nos observando naquele exato momento.

Apoiei a lâmina da faca na palma da minha mão esquerda e a puxei com mais força do que o necessário, porque queria garantir que extrairia sangue suficiente antes que o corte fechasse. Molhei o dedo indicador no líquido vermelho e tentei ao máximo fazer exatamente o que o Mestre d'Armas fizera. Usei o sangue para desenhar os símbolos na pedra gelada, compondo uma auréola. Em seguida, desenhei o último símbolo, bem pequeno, no cano da arma. Entreguei a faca para Lucas e ele se afastou da pedra. Nicole e César já estavam mais distantes, jogando na minha direção toda a luz que as lanternas permitiam.

Olhei para a pedra e chamei:

— Manuel! — Esperei um pouco. — Manuel, eu sei que você tá aqui.

O silêncio foi quase tão tenso quanto aqueles últimos minutos que esperei tantas vezes entre um tiro e outro, aguardando a morte chegar.

— Manuel. Eu sei o que você quer, foi por isso que me mostrou o passado.

Não foi nada como em um filme em que o fantasma aparece e demonstra sua raiva, destruindo tudo em volta e fazendo coisas voarem. Manuel se materializou entre a pedra e eu, exatamente no centro do círculo de símbolos que desenhei. Ele não estava com aquele sorriso perverso, mantinha apenas os olhos brancos abertos. Todo o resto feito de escuridão banhada pela luz das lanternas. Ele ficou ali parado e tive medo de fazer movimentos bruscos. Tive medo de assustá-lo, mas ainda precisava apontar a arma para ele.

— Você não precisa sofrer mais. Nós não vamos morrer mais. Esta é a última vez, eu prometo.

Ele me ouviu e continuou quieto. Segurando o revólver com as duas mãos, ergui os braços devagar, lembrando da minha dor dos últimos dois meses e imaginando como devia ter sido para ele sentir aquilo todos os dias por mais de um século. Pensei no rapaz que me matou, no velho Vinícius, em Luana pegando a maldição do irmão. Pensei em todos que eu não conhecia, mas que ficaram presos naquela maldição, vivendo com a repetição da crueldade no próprio corpo. Uma gota do sangue que restou do corte cicatrizado na minha mão esquerda pingou em direção à terra. Olhei para minha sombra sob a luz do luar e das lanternas. Era tempo de acabar com a dor, a raiva e a tristeza. Era hora de fechar o ciclo.

Puxei o gatilho.

Rápida como o vento e tão invisível quanto a noite, a bala rasgou a sombra que Manuel se tornara. O reflexo e a memória do homem que foi um dia. Os símbolos emitiram uma energia que pude sentir de onde estava. Era o círculo quebrando o ciclo. A sombra se dissipou, se desmanchando como se fosse poeira de estrela. Por alguns segundos, vi seu rosto voltar a ser o rosto do rapaz que vi no passado. Ele desapareceu por completo ao mesmo tempo que a arma começou a esfarelar em minhas mãos ensanguentadas. Aquela era a comprovação de que eu precisava para poder respirar aliviado.

Eu quase sorri, sentindo meus ombros mais leves, sabendo que não precisava mais temer o tempo. Eu só não sorri porque me virei para trás antes.

César estava de joelhos no chão com as duas mãos no abdômen, a lanterna caída jogava a luz para um lugar ermo. Nicole percebera que algo estava errado, Lucas ainda olhava na minha direção, assimilando o feitiço que acabara de ver. Eu corri para César da mesma forma que corri na frente da nossa casa na outra noite, quando o vi ser ferido. O problema é que eu não tinha mais a solução de antes. Ela acabara de desaparecer entre meus dedos.

Me ajoelhei ao lado do meu irmão. Ele fez menção de deitar no chão, mas eu o segurei a tempo. No desespero, não senti meus próprios ferimentos reabrindo, na palma da mão e no antebraço.

— César — chamei.

Nicole direcionou a luz da lanterna para nós dois. Eu mantive a mão sobre o ferimento de César, na tentativa vã de estancar o sangue. Eu precisava pensar em algo. Era como se estivesse naquela noite outra vez, mas tudo estava diferente e pior. Lucas disse que precisávamos levá-lo ao hospital.

Ou fui eu que disse isso para César? Prometi que tudo ficaria bem. Meus amigos me ajudaram a levantá-lo. César gritou de dor. O sangue da minha mão se juntou ao sangue dele. Nicole o segurou de um lado e eu o segurei do outro, sentindo seu peso e seu rosto pendendo sobre meu ombro. Ele era pesado e maior do que nós. Carregando meu irmão, me senti pequeno.

— Você tá livre agora, irmão — disse César baixinho, enquanto eu lutava para levá-lo até o carro. — Não deixe de viver sua vida.

CAPÍTULO 58

Não sei como consegui ir à formatura no sábado à noite; o enterro tinha sido na sexta-feira de manhã. Na verdade, não lembro de muita coisa dos dias que sucederam a morte de César. Era como se meu corpo estivesse lá, mas minha mente não. Como se eu fosse uma sombra. Mas acho que só fui para a formatura por causa da última frase que ele me disse. Eu queria honrar o pedido dele e viver. A alternativa seria continuar me culpando, afinal *eu* levara a maldição para nossa vida.

O clima da formatura foi estranho, a cidade inteira sabia o que tinha acontecido com César, então todos lançavam olhares para mim e meus pais. Poucos minutos depois de chegar ao salão de festas, me arrependi de ter ido. Como meus pais podiam comemorar a formatura de um filho no ensino médio quando o outro acabara de ser sepultado? Mas eles também insistiram. Eu não sabia se realmente queriam estar ali ou se fizeram aquilo por acharem que seria bom para mim. Meu pai parecia mais contido, foi ele quem cuidou de todos os preparativos. Minha mãe chorava o tempo todo e, depois do enterro, parecia desligada de tudo, repetindo sobre a importância de fazermos a ceia de Natal na semana seguinte.

Um dos professores que discursou mencionou César, porque ele também estudara lá poucos anos antes. Foi esse o momento em que mais quis desaparecer. Fiquei olhando para o chão, mas conseguia sentir o olhar de todos. Minha mãe soluçava baixinho ao meu lado.

Depois dos discursos de alguns professores e de um aluno de cada turma, chegou outro momento de estar em evidência: precisei ir pegar meu diploma. Olhei fixamente para a frente quando chamaram meu nome e precisei andar até os professores para cumprimentá-los. Algumas fotos, um pouco mais do desejo de desaparecer. Mas eu estava lá, apesar daqueles últimos meses, apesar de tudo. Ainda era uma etapa importante sendo concluída.

No final, tivemos um jantar para as famílias e uma banda tocava enquanto todos comiam. A cerimônia não foi longa, mas me deixou exausto. Pelo menos consegui sentar em uma mesa perto de onde Lucas e Nicole estavam. Eles eram os únicos com quem eu conseguia conversar de verdade sobre César, sem ser monossilábico ou dizer que estava tudo bem de forma vaga. Eles sabiam a verdade. Eles me ajudaram a carregar o corpo de César até o carro que, com muita dificuldade, consegui dirigir até a estrada principal. Quase bati várias vezes, mas consegui lembrar das aulas que tivera com meu pai. Na estrada principal, parei ainda ofegante e pedimos ajuda. Mas o tempo é sempre traiçoeiro. Não fui rápido o bastante.

Pouco antes de eu ir embora da formatura, Guilherme veio falar comigo. Ele colocou uma cadeira bem perto da minha, pegou minha mão esquerda com cuidado e, sem perguntar como eu estava, disse que eu podia contar com ele se precisasse de algo. Agradeci com a voz rouca. Ele continuou ali, segurando minha mão e passando o dedo bem de leve no curativo, na frente de todo mundo, por uns cinco minutos. Muitos devem ter estranhado a cena, mas não me importei, era bom sentir o calor dele e saber que ele se importava comigo. Meu coração batendo acelerado me lembrava de que, além de estar vivo, eu não estava sozinho. Meus pais estavam do outro lado da mesa para dividir aquela dor comigo, Lucas e Nicole fariam qualquer coisa para me ajudar — já haviam feito, inclusive, muito mais do que eu seria capaz de retribuir.

Parei de morrer à noite. Ainda demoraria um tempo para eu deixar de olhar tanto as horas, porque parte de mim esperava que a maldição retornasse a qualquer momento. As mortes constantes deram lugar a pesadelos recorrentes. Pesadelos que envolviam César e fantasmas feitos de sombra. Eles começaram depois do enterro. Quando o caixão finalmente desceu para a cova, o barulho da madeira contra a terra foi como um tiro, e isso tornou a situação mais definitiva, porque a partir daquele momento meu irmão estaria ali para sempre, debaixo da terra.

As primeiras semanas foram as mais difíceis, o período em que quase esqueci o último pedido de César. Não consegui honrá-lo, não com uma dor tão recente. E o vazio nunca me deixou. Por mais que minha vida tenha eventualmente seguido em frente, perder meu único irmão criou uma ferida com a qual aprendi a conviver, mas que nunca sarou. Por meses, fui incapaz de olhar nos olhos dos meus pais. Em parte, porque não conseguia deixar de me culpar, mas também porque precisei mentir. Inventei uma história de que fomos assaltados e que César acabou sendo esfaqueado. O ferimento comprovava tudo, e o choque da notícia foi tamanho que meus pais não pediram muitos detalhes, tentando entender porque não levaram o carro. Eu queria contar a verdade, dizer que o ferimento era de outro dia e que César morreu porque fiz um feitiço de sangue para quebrar uma maldição secular. Porém, sei que eles me julgariam louco e tive medo dos desdobramentos da verdade.

Pensei muito sobre a maldição, estive muitos dias com ela para entendê-la. Minha conclusão é plausível: o ferimento de César retornou quando quebrei o ciclo. Quando ele fora esfaqueado, eu o matara com a arma amaldiçoada em seguida. O feitiço da arma o manteve vivo naquele momento e depois — quando ele transferiu a maldição de volta para mim — porque a maldição em si ainda existia. Mas, a partir do momento em que tudo foi desfeito, o ferimento retornou como se ele só houvesse sido pausado. Meus ferimentos regenerados pela maldição também voltaram, mas não morri de forma definitiva porque nunca tive algo grave além do que fora causado pela própria arma. Com essa única explicação que eu tinha, me questionei inúmeras vezes se teria desfeito a maldição se soubesse do custo. Também me questionei como isso afetou a vida de outras pessoas que passaram pela maldição, lembrando do que Vinícius dissera sobre as tentativas dele de se libertar. Quantos tiveram o mesmo destino que meu irmão?

Pensei em procurar Vinícius para falar que quebrei a maldição e que ele estava certo sobre abrir a arma. Isso fez a sombra se comportar de um jeito diferente, a ponto de tentar outras formas de interação e me mostrar o caminho. Mas não fiz isso, porque não quis arriscar confirmar minha suspeita de que Vinícius não estava mais vivo.

De qualquer forma, aquele foi o fim. Como César dissera, eu estava livre e podia viver. Entretanto, no primeiro semestre de 2008 pouca coisa fez sentido. Eu não consegui passar no vestibular do início do ano junto com Nicole e Lucas, minha cabeça não estava no lugar certo quando fiz a prova. Ver meus amigos seguindo com a vida enquanto fiquei parado e sem expectativa só piorou as coisas. Por mais que eu tenha ficado feliz por eles, não consegui me livrar da sensação de estar ficando para trás. Mas o tempo, embora não parecesse passar, fez com que tudo fosse mudando aos poucos, e fui sentindo de novo o desejo de honrar o pedido de César. Meus pais foram pacientes e nunca me cobraram nada, mas fui retornando aos estudos de forma gradativa. No vestibular do meio do ano, fui aprovado, e minha vida ganhou uma nova perspectiva. Não pela validação ou importância do curso superior, mas porque pela primeira vez em meses eu estava avançando em direção a um futuro.

Foi bom estar mais perto de Nicole e Lucas de novo. Apesar dos cursos e das grades horárias diferentes, sempre demos um jeito de almoçar juntos, ficar à toa pelo *campus* ou sair para fazer algo. Meus amigos eram os únicos que sabiam tudo o que tinha acontecido comigo, as pessoas que mais me conheciam. Eram também um lembrete constante de que eu não estava sozinho e de que podia pedir ajuda quando precisasse.

Vi Guilherme ainda por um tempo depois da formatura na escola, mas eventualmente acabamos nos afastando, em parte por eu estar mal, em parte pelos caminhos diferentes que a vida foi estabelecendo para ambos. Viramos amigos distantes de novo, mas dessa vez sempre nos cumprimentávamos e conversávamos quando nos encontrávamos, pois não existia mais aquele desconforto de antes. O tempo que trouxe cura para o luto também me fez lidar de forma cada vez mais tranquila com minha sexualidade e outras questões. E eu jamais esqueceria que César tinha sido a primeira pessoa da minha família a me apoiar.

    Hoje, as horas deixaram de me preocupar e a morte não me segue mais. Ela não espera, não espreita, não observa. Não penso nela, não sinto medo, não fico ponderando sobre o que há depois. Ela é quase como uma lembrança que deixei naquela cidade quando fui embora. Sei que, quando a morte retornar, será para me levar pela última vez. Enquanto houver o agora, só quero estar bem. Viver uma vida boa, sendo eu mesmo, pelo tempo que me for permitido, entendendo que nossa existência é feita de vários ciclos.

AGRADECIMENTOS

Lembro que senti medo e uma desesperança muito forte na primeira vez que vi os dados estatísticos sobre o genocídio da juventude negra no Brasil. Saber que a cada 23 minutos um jovem negro é assassinado no nosso país me fez duvidar de qualquer possibilidade de futuro. Isso foi antes de acessar o pensamento de intelectuais negras e negros que me levaram a encarar o tempo como algo cíclico, entendendo que o racismo é uma continuidade do passado colonial. O afrofuturismo me ajudou a olhar para as opressões do nosso mundo e entender que elas não são fixas, que a gente luta constantemente pela liberdade e que projetar futuro é uma forma de continuar vivo. Por esse e outros motivos, eu quis que o Hugo vivesse um amor em meio a todo o caos que enfrentava. Assim ele também poderia acreditar na possibilidade de um futuro, ou pelo menos não se ver completamente perdido no presente.

Escrevi uma versão muito diferente deste livro em 2013. De lá pra cá, meu pensamento mudou bastante e sei que a história que você acabou de ler reflete muito mais do que quero para meu trabalho e o que valorizo em termos artísticos e de referências. Em dez anos entre duas versões de uma história, cabem muitas outras. Por isso quero agradecer às pessoas que fizeram parte disso.

Amanda e Maristela, obrigado por, além de serem amigas incríveis, terem lido tanto a versão de 2013 dessa história quanto a versão reescrita uma década depois. Na verdade, obrigado por sempre toparem ler o que escrevo, independentemente da versão em que o texto se encontra. A opinião e empolgação de vocês são inestimáveis.

Sou muito feliz por poder contar com minha família em tudo que faço. Mãe, pai, Alice, Isabel e Karla, obrigado pelo amor, pelo apoio de sempre e por acreditarem desde o início. Parte das minhas referências fui construindo ao lado de vocês nas incontáveis horas assistindo a filmes e séries.

Anne e Isadora, obrigado pela companhia em videochamadas durante a pandemia, quando comecei a reescrever essa história, pela parceria em outros contextos, por ouvirem minhas ideias e por nossas conversas sobre horror negro. Isso me deixou mais confiante para arriscar um caminho nesse discurso que até então eu era mais consumidor do que criador.

Fellipe, obrigado pelos dias de calmaria, os vislumbres de futuro, as referências compartilhadas e as conversas intermináveis enquanto eu trabalhava em algumas etapas deste livro.

Provavelmente esqueci alguns nomes, mas há uma série de outras pessoas importantes que estiveram presentes nos meus dias, em diferentes momentos, tornando tudo mais leve com conversas: Bruno, Pedro, Anna Martino, AJ Oliveira, Johnatan Marques, Stefano Volp e Victor Lima. Vocês são tudo!

Agradeço à minha agente, Gabriela Colicigno, e a Marina Guedes por trabalharem no manuscrito e me ajudarem a perceber o que não estava funcionando. E à Gabi mais uma vez pelo trabalho de agenciamento que tem feito com minhas obras, sendo paciente com minha ansiedade e perguntas constantes. Esse livro também não existiria sem o trabalho das/os profissionais da HarperCollins Brasil. Sou muito grato pelo apoio, pela empolgação com o projeto, por terem acreditado nessa história e por tudo que foi feito desde a capa até a versão final do texto.

No capítulo 47, "suavidade cor-de-rosa" vem da música "Pink Matter", de Frank Ocean. Um artista que está entre minhas influências musicais e ouvi junto de vários outros enquanto trabalhava neste livro. Outra música que quase usei uma frase como epígrafe foi "Locked Inside", de Janelle Monáe. E a menciono aqui porque acho que ela reflete bastante a ideia de estar em um contexto nada ideal, marcado por violência e opressão, mas ao mesmo tempo acreditar no amor e na liberdade. Eu acredito muito na possibilidade de mudança e de construção de futuros melhores.

Finalizo agradecendo a quem acompanha meu trabalho, independentemente se você me conheceu pela produção teórica sobre afrofuturismo, por alguma obra ficcional anterior ou agora com *23 minutos*. Tempo é algo valioso, então obrigado por ter dedicado o seu à leitura desta história.

Waldson Souza
Brasília – DF, novembro de 2023

Este livro foi impresso pela Lisgrafica, em 2024, para a HarperCollins Brasil. O papel do miolo é polen natural 80g/m², e o da capa é cartão 250g/m².